文字芳華

第四屆全球華文作家論壇文集

胡衍南
黃子純　主編

臺灣學生書局印行

芳華鮮美，文字繽紛
——寫在「第四屆全球華文作家論壇」之前

胡衍南
台灣師大全球華文寫作中心主任

　　全球華文作家論壇的籌辦構想，來自台灣師大全球華文寫作中心創始主任陳義芝，他認為台灣一向缺乏作家、評論家、讀者當面交流的學術平台，因此 2014 年 11 月，全球華文寫作中心與國家圖書館合作召開第一屆全球華文作家論壇。第二屆起，我們做出兩個改變：一是大量延攬作家擔綱評論角色，試圖營造創作者對話的現象；二是增設一場紀念論壇，用來懷念對我們有深遠影響力的辭世作家。第三屆則在既有的構想下，邀請更多非華裔、外國籍作家及學者與會，以提高多元對話的可能。至於今年第四屆，大致和前兩年差不多，但另外增設一場出版人的對話，企圖從圖書編輯、通路、版權等角度談談新人如何出版第一本書。

　　本書收錄第四屆全球華文作家論壇演講人、討論人的書面文稿。演講人包括簡媜、廖玉蕙、吳晟、張系國、徐則臣，討論人則

有楊佳嫻、顏訥、吳鈞堯、賴鈺婷、陳義芝、楊宗翰、須文蔚、廖
國惠、郝譽翔、房偉、瓦歷斯·諾幹、成謹濟、成英姝、徐則臣
（很遺憾葉怡慧、譚光磊、張文縐三位出版人的文稿來不及收
入）。作家的年齡層上下跨越四十個年頭，可以預期不同世代的作
家將在這裡交響共鳴。《詩經·周南·桃夭》有云：「桃之夭夭，
灼灼其華。」陶淵明〈桃花源記〉更見：「忽逢桃花林，夾岸數百
步，中無雜樹，芳華鮮美，落英繽紛。」這本文集的書名就是從這
裡來的。

這場論壇，我們沒有爭取到任何校外補助，最終得以勉力辦
成，除了感謝台灣師大校方的經費支持，也要向幾位提供小額金援
的朋友致謝。四年下來，有太多義工無私協助中心辦好各式活動，
從不計較任何報酬和回饋，只在乎文學事業是否生生不息。然而，
我不能不提及黃子純、許雯怡、馬家融、簡嘉彤幾位夥伴，因為他
們，我的很多堅持變得理所當然一些。

文字芳華
第四屆全球華文作家論壇文集

目　次

簡媜

劉滄龍

悠遊在散文夢土上——簡媜

臺灣大學中文系畢業，散文作家。曾任職雜誌、出版界，現專事寫作。對拓展多樣化題材、經營殊異的寫作策略、冶煉不同質感的文字，具有高度興趣。曾獲梁實秋文學獎、時報文學獎、臺北文學獎、國家文學獎（舊制）。《女兒紅》入選「臺灣文學，經典三十」，作品曾五度獲聯合報讀書人好書獎，兩度獲得金石堂年度風雲人物。著有散文集《天涯海角》、《老師的十二樣見面禮》、《誰在銀閃閃的地方，等你》、《我為你灑下月光》等二十一冊。

　　此時此刻回頭看，自從高二在校刊發表第一篇文章至今四十年，正式出版第一本書已有三十二年。光憑這兩個數字，是可以心狠手辣地將一個人蓋棺論定了。

　　我生長於 1960 年代水患頻仍的宜蘭農村，世代務農、家中無書，在三山一海包圍的奇幻自然地景上度過童年、少年，也獲取對我而言極為重要的第一個「自然啟蒙」，從此在我身上有兩股親情，一是血緣之親，一是土地之情。這種得之於「春耕、夏耘、秋收、冬藏」親身耕作的自然啟蒙，開發了我的感受強度與想像幅度，在學習使用文字之前，內在根鬚已悄然拓展。

　　第二個啟蒙來自於現實，我稱之為「困境啟蒙」。所有我們用來概述為了尋找生命出口而寫作的情況都可以內含。然而，對我而言，這個來得太早的困境之所以有機會變成文學驅動力，乃因為「島內移民」、「離鄉潮」蔚為流行；出生於 1940 年代的農村女性，在國民政府來台政局初定之後，無緣受教育或是唸了幾年小學即中輟（只有少數能唸到畢業），即紛然帶著改善窮鄉貧家的「歷史性女性任務」，投身唯一大城「台北」。村中幾乎每一家都有「女兒」在台北謀生，歌星陳芬蘭所唱〈孤女的願望〉：「請借問播田的田庄阿伯啊，人在講繁華都市台北對叨去？」是這一群離鄉女兒的命運進行曲。我家族中亦有親人在行列中，她們走踏過五○、六○年代台灣城鄉的故事，仍是我心中不忍掀開的角落。當年，這已然成熟的社會風潮，使我在少女時期遭逢困境時，能夠勇敢地追隨眾多年輕阿姑阿姨阿姐腳步，到台北尋求解答。殊不知，

台北是一個會把「困境」放大的地方——不獨原先的困境未除又添了城鄉差距產生的新困局，然而正因如此，我才有機會在台北「發跡」；對寫作而言，不怕困境太大，只怕困境不夠大。

第三個「文學啟蒙」發生在大學時期。中文系本科訓練打下古典基底，嗜讀西方經典小說戲劇訓練了體能。雖然閱讀量不小，但我很早即意識到不能受大師影響而落入仿傚之列，應建立自己的獨特性。然我不能否認，古典教我鍛鍊文字、調理修辭、營造意境之功法，西洋作品則在潛移默化之中影響我的創作習慣：以「一本書」為基本單位進行某個主題的完整思考；從大學開始，我就不認為一本散文集只是收攏在某段時間內所寫的各種文章而已。但在一九六、七〇年代，我看到的書大多如此。

為什麼寫散文？

散文，易寫難工（也難攻）。既無法依附於西洋文學理論以壯軍容，也難以擺脫長期以來與讀者約定俗成的閱讀默契——認定作品是作者的人生現場實錄，「敘述者我」、「作者我」、「現實我」三合一。既如此，我為什麼還留在這裡？因為從現實經驗收攏來的故事柴薪，得自古典文學薰陶對文字美感與音色的著迷，先天喜歡諦聽與傾訴的情感體質，對生命意義與真理之思辨興趣，拓廣掘深加總在一起，最能開闊的文類就是散文。它滿足我敘事、抒情、寫景、造境、寓理的多重渴望，允許我保持學徒好奇心繼續拓展思維氣象、提煉思想結晶、開發書寫技藝。最重要是，散文作品裡藏著一個「理想我」——從字裡行間，彷彿可見其聲音、形貌、

姿態，進而貼近其情感、氣質，聆賞其智識、慧性，追隨其節操，陶醉在那種性情與性格共感、文采與思想互鑄的獨特意境裡。這就是為什麼一旦一個讀者喜歡某位散文作家，幾乎會跟隨下去的原因；散文是同聲相求、心心相印的。這種透過作品而產生的作者與讀者宛如知交的情感共振，恐怕是別的文類不易有的。因此，當一個作家在現實上背叛他塑造的「理想我」，讀者也會毫不回頭地離開。

但散文具有先天陷阱，易於瑣碎與自我重複；當生活經驗受限、書寫技巧嫻熟、思想定型，「重複之輪」即啟動。這是創作大忌，我保持警覺，堅持不重複。所以即使有些書獲得市場肯定，也絕不再續。

我出版二十一本書，除了《跟阿嬤去賣掃帚》是童書，其餘皆為散文。然而，「散文」是個大概念，用血緣譬喻，不同混血產生不同面貌。我嘗試過小品、詩化短文、札記、散文極短篇、小說化散文。在主題寫作的要求下，根據題材與主旨擇定型式，架設全書結構，定位時空人事物，擬定情感基調、文字音色等敘述策略。這是我最鍾情的寫作方式，不管是十萬字或二十多萬字的一本書，它讓我完整地悠游其中，享受數年寫作期間那種獨特的苦悶與歡愉，寫完常有被徹底掏空之感，近似分段生死。

重新歸零的感覺即是自我突破，每一次尋覓新的寫作計劃，總會陷入為時不算短的醞釀期，面對稿紙生出渴慕之情：「我的心，你要帶我去哪裡？你要告訴我什麼？」此心，是尋找最大震幅的共

鳴之心。

　　人生是散文之母，我處理過的主題，當然跟個人經歷相關，而散文作家相較於其他文類，更容易直接或間接地在作品中體現時代背景、社會變遷。寫到這，必須岔開說一說當年。

　　1980 年代中期，我能登上戒嚴末期宛如銅牆鐵壁的大報副刊，絕對是幸運之神眷顧；我是最後一批在大報副刊崛起、再由五小出版社強力出書的作家中排在隊伍後面的一個。再晚幾年進入九〇年代，世局丕變——只舉兩個例子：一、台灣結束海盜稱號開始買版權拓展非文類叢書，二、電腦化——若如此，我可能得花不短的時間才能爬上文壇；如果有人有興趣普查二十世紀各世代作家崛起之路，藉此探討台灣文學環境生態的變化，當發現五六年級作家有多麼咬牙切齒、多麼哀怨，他們要冒出頭的時候，正好站在浪頭翻轉的當口。

　　1987 年解嚴、2000 年第一次政黨輪替，這十多年間的台灣社會是最蓬勃也是最複雜的，各種力量破閘而出。我正好在這段時期踏入人生另一個階段，如果把婚育當作一條隱形換日線，婚後的我確實更警敏於歷史源流之追探、社會變貌之觀察。從「身世」二書《月娘照眠牀》（1987）、《天涯海角》（2002），前者寫於婚前、後者成於婚後，可見出自我認同、視野與終極關懷已然不同。此外，「誕生之書」《紅嬰仔》、「教育之書」《老師的十二樣見面禮》、「飲食之書」《吃朋友》、「死蔭之書」《誰在銀閃閃的地方，等你》、「傷逝之書」《我為你灑下月光》，皆是不同階段

熔鑄閱歷、探勘社會之結果。

　　「我們之所以書寫，是為了讓未被書寫的世界透過我們得以表達。」義大利小說家卡爾維諾這段話深獲我心。我樂於設想自己是埋伏在人生路口的一個獵人或是補夢者，冷靜中懷著熱情，仍然相信浪漫追求美，從漫天煙塵裡看出飄浮的微光，那是人類精神文明永恆的真善美聖，我幻想自己滿載而歸。

　　在散文夢土上，我仍是個學徒。天色未晚，獨自一人朝著幻想中的桃花源繼續跋涉，我幻想當我抵達之時，等著我的是一陣芬芳的風。

方舟上讀簡媜——楊佳嫻

臺灣大學中文博士，作家，清華大學中文系助理教授，臺北詩歌節策展人。以兩岸現當代文學、寫作教學為主要研究領域；創作以詩、散文為主。著有學術專著《懸崖上的花園：太平洋戰爭時期上海文學場域（1942-1945）》；詩集《屏息的文明》、《你的聲音充滿時間》、《少女維特》、《金烏》；散文集《海風野火花》、《雲和》、《瑪德蓮》、《小火山群》；編有《臺灣成長小説選》、《九歌 105 年度散文選》；合編有《青春無敵早點詩：中學生新詩選》、《靈魂的領地：國民散文讀本》、《港澳臺八十後詩人選集》。

一

　　十八歲出門遠行，從高雄搭五個小時火車北上，拖著大行李，悶暑中轉了兩趟公車，終於找到木柵山邊的學校。行李中裝了什麼呢？頭次離家長住，對台北完全陌生，可能以為將要投入什麼蠻貘世界，未免求助無門，居然連洗衣服用的刷子、洗碗用的菜瓜布，都帶了。

　　一箱子拚拎硛鋃包圍著一袋書，共七本，是《水問》、《只緣身在此山中》、《月娘照眠床》、《私房書》、《下午茶》、《夢遊書》、《胭脂盆地》，全部是洪範版。女一舍角落房間靠窗位置，書桌八十公分寬，連著兩層書櫃，這七本書先穩妥擺好了，鎮魂符似的，再把兩本綠格稿紙收進抽屜，開窗，坐下來，溫熱的山風吹進來，這新的居所新的青春，就有了讓人滿意的開頭。

　　當然，後來變成八本，同一年，《女兒紅》也出版了。

　　開學後兩週，和大學裡的新朋友約好了去冬山。都喜歡簡媜，都知道她是宜蘭冬山長大。當時實在天真到近乎蠢，查了火車出發時刻而根本沒有搞清楚何時抵達，距離觀念也欠奉，更不知道冬山鄉情形，只一腔熱血不知道在熱個什麼勁，午夜出發，抵達時天一樣黑，小車站，大雨兜頭，月台上懸了一盞小燈，全站無人，閘門關閉，我們翻柵欄進站內躲雨，候車椅上聊沒幾句兩個人全昏睡過去，清晨是被動物叫聲吵醒的。睜開眼，戴著大盤帽穿制服的男人、幾個阿伯阿嬤圍著我們看，有個阿嬤腳邊蔑籠子裡裝著幾隻禽

類，有點躁動，嘎啞嘎啞。男人說話了，是站長吧，憐憫地望著這兩個都市俗：「台北來的？來玩喔？落大雨，沒所在好玩，趕緊返去。」往外一看，真的，雨刀削麵一樣粗，遠近矮厝剩下輪廓。只好認命搭車回台北了。

超瞎小旅行彷彿昨日——忽然已經是二十一年前的事情了。

二

大二時寫了生平第一篇學術論文。系上辦了大學部學生論文發表會，我投稿了。與其說是想寫論文，不如說是想找一個方式、一個機會，把讀簡媜的心得落實。論文格式、引用前人研究、章節擬定等等，全部自學，到圖書館找書看，模仿著就寫起來了，近乎愚勇。主要談的是《胭脂盆地》與都市書寫。當時我的評論人是大我好幾屆的學長簡義明（目前在成大任教），他非常和煦，給了很多意見，什麼意見呢，真不好意思，我忘了，事實上連這篇論文的底稿我也沒保存。二十年前，電腦尚未普遍，手寫稿完成，帶到學校計算機中心去打字，存進三點五彩色磁片裡，磁片遺失、檔案毀損是那個時代的家常便飯。

1999 年，簡媜出版了《紅嬰仔》。更早之前當然就已經在《聯合文學》雜誌連載。我家是訂戶，每次放假回高雄我就抱著雜誌讀。但是，從連載到成書，我卻幾乎讀不下去。為什麼呢——我不確定。也許是因為我不能接受最喜歡的作家，啊也像普通女性一樣嫁了丈夫生了孩子，寫起育兒題材的散文；現在想起來，有點可

笑，簡直像劉德華的歌迷不能接受他結婚似的。也許那時候，成為文學創作者這件事對我來說，意味著踏上一條逃逸路線，不服從社會對於女性在性別角色上的普通期待，更是理所當然。那時候我還不知道，文學有它自己的機構與權威，結婚生子並不等於女人蛻變為石。也許是發現了簡媜散文內太過清貞的感情觀，與我個性其實相去甚遠。也許，就單單是環境不同了，關注改變了，喜好變化是再普通不過的一件事情了。

這一斷竟然也就斷了許多年，這名字遼遠得有如方舟上的日子。直到有一天，回高雄去，在母親桌上看到了《誰在銀閃閃的地方，等你》，大開本，字體也照顧老年人視力都放大了。實際上我也到了一拿到書翻開，會先在意字是否太小的年紀了，學生寄來作業檔案，打開來都先調整右下角百分比，放大到 150% 來讀最舒適。母親說，讀書會本月指定閱讀這書，圖書館辦的演講請到作者本人，也去聽過了，「好幽默欸」，接著補了一句：「你小時候不是最喜歡她？」

三

我小時候——文學創作的幼年期，茫茫書海中尋覓一個對象可供追仿，《夢遊書》先吸引了我。我永遠記得簡媜在書裡形容國父紀念館，「真像拿破崙戴的帽子，廣場上的遊客全是頭蝨」，日後路經該處，總想著，哎我現在也是拿破崙的頭蝨了；寫白茶花，竟有詩鋒之銳利，「像烈性女子自裂肌膚，寒流中剝出銀鑄的自

己」，這花恰恰是台北巷弄常客，每每撞見，都感覺痛；把風雨寫成行草，還在林懷民的舞碼之前，「雨勢潦草起來，懷素手帖把傘骨吹折了」。取譬精妙新鮮外，幽默以及幽默裡的悲憫，也不容忽視，例如〈傳真一隻蟑螂〉裡的噩夢，以及生命不斷誤讀的恐懼，或〈寂寞的冰箱〉裡，那貼滿貼紙的冰箱曾經充當寂寞小孩的朋友、保母以及夢想布告欄，用不同來源的狗貼紙串接出一隻寵物的成長，或保留了父親和他的內衣標籤。我也在此書裡頭次讀到簡媜昂揚決絕的生命態度：「不給我秩序，我去創一套秩序；不給我天，我去劈一個天。生命用來稱帝，不是當奴隸。」以及沉著又激越的愛情態度：「我在的鄉就是你的原鄉；不管往後我以何種身分與人了結何法，宿命裡永遠有你一蓆坐榻，你可以來，與我相對無言，或品賞你分內的桃花。」

還有，我太喜歡這個說法：「這次，我不打算利用傳真機傳遞這封長信，我想把原件給你，請你稍微想像一下這封信是連寫信的人都無法保有的一封，像原始部落的族人褪下手上的銀飾給你，那種唯一的儀式。」我疑心自己對摯愛之人必然多次奉上親手字迹，落力把字刻上紙張，彌封寄出時居然略感悲壯與惆悵，是受到上述字句影響。

接著回頭去讀第一本書《水問》，少作，讀者長大以後回頭看，容易挑毛病。拿名篇〈初次的椰林大道〉來說，形容景物是誇張了點，「椰林，像兩支雄糾糾氣昂昂的隊伍，以標準的立正姿勢，凜然的英雄氣概，聳立於大道的兩旁。那挺拔的氣魄、劃一的

排列，讓整條大道充滿著不可侵犯的蓋世之威風。第一次踏上大道，我便有『閱兵』的感覺」，至於「我在想，當那些小東西從高高的樹梢掉下來的時候，該是何等地美喲！如雪花飛舞，如輕巧的雨點，紛紛飛喲紛紛飛地，紛紛灑下來」云云，頗富五四風，稍稍肉麻了些。

比起來，我當然更喜歡《夢遊書》，及其後的《胭脂盆地》、《女兒紅》。這三本書文字何等俐落，五四腔早就消除殆盡，早年的誇飾已調節為風趣可愛的戲劇性。在簡媜成熟時期的散文裡，我可以同時讀到詩與戲劇，她擅長濃縮跳接蒙太奇，也擅長以文字敘述重演別人的故事，不滯不膩，絕無自說自話之病。其散文題材從校園、山水、信仰、民俗、都市、女性、愛情、飲食、親子到老年話題，無役不與，無不可寫不可談者，廣大親切，卻不絮叨重複，而是時時讓讀者感受到生活如何被文學調理過了，對的光，意外的視角，有意義的構圖，不必開美肌模式。

簡媜散文充分發揮對於字的敏感與創造力，不吝於展現她掂量字眼以及憑字織結成畫的能力。這種能力是罕見的，且未必被充分尊重。世間所謂「文藝腔」，指那些堆疊形容與譬喻的文章，文學獎評審場上，遇到能在文字本身深淘而又能斑斕擴展的，常被指為造作、不自然。然而，真正的「文藝腔」應該是濫用形容詞與老舊譬喻、無能翻新給予驚喜，即以陳腐的手段來造美，反而失去了美；文學既以文字為基礎，把文字質料搥薄拉長、摺疊搏捏、剪鏤燒整，略帶炫技效果，而又能替內容、精神增色，令讀者充分享受

文字快感。作者盡量給，讀者盡量拿。《紅樓夢》裡人人都評黛玉的詩設想別致，標新顯異，她自己又主張立意清新，兩面兼具，當然懾人。

四

　　早年我寫散文，十七歲時寫過兩三首詩，不太認真，到了二十歲才認真對待詩創作。我總以為是網路興起促成的虛擬詩社群促發了創作慾，大學時代充分利用圖書館大讀特讀各種現代詩集給予的陶冶，太宰治杜思妥也夫斯基給予的心靈震撼餘波未了而凝為詩。回顧我與簡媜散文相逢而又飛散的歷史，回顧如何走近最初的文學偶像而又長大離開，忽然覺得，也許簡媜才是我從散文融通到詩的橋樑。

　　〈女鬼〉裡這麼寫：「自己認得路回到溫暖的草蓆上躺臥，看河水飛越礁石，漫過草岸，搓揉受傷的腳趾。月光月光，水聲水聲。」莫非就是這聲響之力，這動靜之美，這飛越，渡我上詩的天階。

論作家之早衰

——顏訥

清華大學中文研究所博士候選人。研究香港、臺灣文學傳播與唐宋詞的性別文化空間，碩士論文曾獲臺灣文學館學位論文獎助，創作計畫獲國家文化藝術基金會補助。替副刊、雜誌、UDN 鳴人堂與 BIOS Monthly 專欄寫文章，得過全國學生文學獎、林榮三文學獎。著有散文集《幽魂訥訥》。

　　瑪麗安娜問史都：「想做愛嗎？」

　　「他們一直到盧森堡才做愛。」

　　這是以「老」為書寫主題的短篇小說集《恐怖老年性愛》的開篇與收尾。分屬不同篇小說，投身肉搏戰的，自然是相異的兩組夫妻，他們所共享，也僅僅是老。然而，被年過七十才出了第一本小說的老奶奶愛琳・海曼領著，行走過一整本小說沿途如捲軸攤開的老後風景，「他們一直到盧森堡才做愛。」便彷若一行困頓掙扎、死去活來後，才終於艱難給出的答案，遲到地回應了瑪麗安娜開天闢地拋出那一句：「想做愛嗎？」

　　所以，該如何描述老？老是時間的短缺，卻也是時間感的延宕再延宕，是無所顧忌也是力不從心的慢動作。老還是慾望仍然在心底蓬勃地舉發，卻得顧忌胃酸逆流與日漸珍稀的雌激素，對威而鋼發作的時間斤斤計較。老夫老妻做的愛，多半是重重扛在肩上的關於愛的歷史，而那長長的歷史快走到盡頭時，有多少糾纏，最後風起雲湧的可能都只是馬桶裡另一半總是沒沖乾淨的一攤尿，就足夠惱人。

　　郭強生形容五十歲的自己與失智症父親一同探索暮色的老日子，是「一艘朝更遠的宇宙發射出去的太空梭」，慢慢走失的記憶就像自我放逐，「跌跌撞撞地，孤單走去一個不想被人找到的地方。」

　　尹雪艷永遠活在白先勇小說裡，她總也不老，不信青春喚不

回。可是，當人們說誰誰誰是永恆的存在，誰誰誰活著就是記憶本身，凝動在時間裡的誰誰誰，其實就老的可以。

簡媜很早就老了。

簡媜不懼言老。她寫老，不無曖昧之意，既恨且愛，對言老甚至隱隱有種貪戀。

如果要追溯初老的原點，書寫的起跑線該於何地畫下呢？《誰在銀閃閃的地方，等你》當然是作家預備老，逼近老，直面老的宣言，單刀直入，大張旗鼓地把老橫豎批砍拆解；可是，老是乍然臨至，此前全無線索可尋嗎？

寫《水問》的簡媜當然還年輕，那是作家青春的斷代史。《女兒紅》所見開始荒涼，以一半壯士一半地母看待世間女兒，觀視人妻、人母之壯美與孤獨，為女人爭一塊私有地卻又困在私有地挫敗，看母者自願交出自由來餵養所愛，那能是初老的視線嗎？至《胭脂盆地》，明確標記自己為晃盪在台北盆地的中年靈魂，農村來的悲觀主義者，對城市仍有不適應的批判，寫下「若我看倦了風景、走累了路，你是否，願意變成酒色的石頭，讓我把餘生靠一靠。」這一靠，是蒼涼地靠向初老嗎？又或者，等到《紅嬰仔》真正把自己投入了母職戰場上苦苦熱熱地去熬，自曝種種踏入鋼絲網罟卻回不了頭，為人母之十面埋伏的圍城困境，在身心狀態上又似乎更靠近養兒催人老的階段。

簡媜的散文產量穩定而豐碩，讀她長大的讀者，也真的能生出與簡媜一起長大，又慢慢變老的親密無間感。因此，在每一部簡媜

作品裡，或許都能撿拾出一點歲月與生活的碾壓出的碎片，老的向上追索於是困難，每一次書寫皆是在時間軌上向老更推近一厘米。那麼，偵查似乎又回到原點，問題自我消解，如果每一次書寫都是通往死亡的跨步，都是「漸老期」與「生命中不可抗拒的野狗攻擊期」，以主題來論，《誰在銀閃閃的地方，等你》可能才真正算是作家言老之書，對老年領土的正式探索。

又或者，讓我們重新說明老。

以簡媜在《誰在銀閃閃的地方，等你》的問句重新出發：「第一隻野狗在什麼時候竄入你的生命？」作家生猛形容「老這處境就像被三條野狗追咬。而且，第一條總是最兇猛的。」此處，她以肉身叛變為鎖鏈，揪出第一條野狗咬上來的痛感，得出簡媜「命中註定的野狗元年」，是髮白、齒搖、眼乾三者齊上的三十六歲，好早。第三條野狗狠狠咬上頸動脈，則可從五十歲過後的失眠症開始紀年，丟失記憶的內亂很快地跟上來，那是野狗王朝的焦土政策。

時間感除了覺察出生理機能衰敗之外，是否也可從作家對時間本身的重新探索與打磨追問起？老會改變時間的轉速，以一天為單位，因為睡得不多，把一天越過越長，感到自己有大把時間卻無處浪費。以一生為單位，則身體之頹敗時刻提醒自己，所剩不多了，還想說什麼得趕緊說，還想去哪裡便趕緊上路。所以，老的時間感，有可能是對於線性時間軸之無限折疊與回返，對於每一個創作者可能都在意的「我是誰？」的問題，重新發問。

對於「我是誰？」身世之追索，年輕的簡媜在 1987 年出版

《月娘照眠牀》時其實就已經處理過。可是，追索的步伐畢竟年輕且輕盈，那是高中就離鄉背井，到都市生活的作家，試著尋回孩童之眼，深情凝望童年的蘭陽平原。相較於純真的鄉愁，2002 年的簡媜《天涯海角──福爾摩沙抒情誌》對於「我是誰？」重新提問時，就不甘止於出生地，而把時間拉長到自己降生於世之前，血緣親族開枝散葉的原點。又把空間拓往更巨大的台灣「史前」版圖，順著漢族先人的開拓史返渡黑水溝，落在先祖成為入台開基祖前在南靖長教的選擇。接著，作家的眼光轉回母系噶瑪蘭親族在蘭陽平原與漢人搏鬥，被踩踏與驅離的悲傷史，同時檢索與反省父系親族所給予的歷史基因中，不能閃避的罪咎。在《天涯海角》裡，雖然時間有了悠遠深長的跨度，個人史幾乎是台灣史之一脈；但是，書中豐滿的、層層疊疊的史料考據，作家同時以肉身顛簸地往原鄉山城追去，這種抽象的與具象的雙重跋涉，好似隱含一種擔憂，指向沒有重新回返的餘裕，覺察老之近逼而希望能全部給出的時間焦慮。那是「記取與遺忘之間，天理似有還先」，在島上與己身和群體記憶的血路開墾，也是簡媜在演講時對《天涯海角》的定義：「血統不純正，身世很完整」，從不純正血統之交纏紛雜中，作家奮勇梳理、拼接出一條完整的身世敘事線，就像為「我是誰？」「我的位置在哪裡？」定案。

　　歷史之崩塌與個人身分之重建，到了下一本散文集《好一座浮島》，轉向肉身崩塌與心理重建；也是作家眼中新社會群體關係的崩塌，與四十歲的自己認為集體下墜既無可挽回，又該如何重建迎

接世界的新面目的疑問。

　　我們或可再說明一遍老。

　　老若能改變時間感，將之拉長與縮短；那麼，感覺自己老，也可能從發現自身轉速與世界漸不同步算起。

　　經常聽人開自己玩笑，看越多事物不順眼，代表自己越老。一如〈我有惑—四十歲「不順眼」手記〉自嘲，明明該是壯年，不該老的四十，所有格格不入與疑惑彷彿自找的：「原本清楚明白的事物，忽然變得面目模糊；昔日真金不換的道理，於今與破銅相類。」作家看「情慾藥丸化」不順眼，看滿街染髮遮掩時間印記的男女不順眼，看都市人求緋聞若渴不順眼，看消費文化之拜 Kitty 貓教徒不順眼，也看政治人物橫流的表演慾不順眼。《好一座浮島》中飄浮無居所的，是從簡媜眼中看出去浮躁無比的台灣島；另一方面，也暗暗標記出「黃金四十族」一代，攜著舊日的教養，在轉速如脫水機之今日世界中，即將被離心力甩出而無可安放自己的憤怒與不安，就像一座離岸孤島。

　　但是，對世界還有憤怒，對自己仍覺不安，說不定來自作家的年輕。

　　她說過：「如果這些政論節目你看不下去，代表你還年輕。」過往教她看不順眼，自我抄襲與重複的媒體文化，老後再看，反而看出一種老人必須不斷低身撿拾散落記憶的時間韻律。

　　不過，正因寫作使人早衰，十一年抗戰，2013 年的簡媜交出《誰在銀閃閃的地方，等你》時，對老的畏懼與嘲弄，抗拒與順性

更游刃有餘。從身體衰敗跡象探索生理上的老，也退一步從論「老的論述」來論述心理上的老，拉開複雜的自我辯論。雖然筆尖之幽默譏誚仍在，並不斷回還往復地戳刺托馬斯・曼所言：「肉體的敗北是多麼可恥啊！」在同學會上目睹有人青春猶在，仍會在攬鏡自照時心驚膽跳，對老速過緩的同學愛恨交加。簡媜並沒有成仙成佛，聲稱肉身航在時間軌道上如失速列車不使人恐懼，她對時間的體驗是人間的。必得是自己越來越頻繁地站在病榻前，送走四個至親，與死亡和分離紮實交手，才更有辦法耐心地面對漸老過程中，還未被時間刷洗無痕的那些貪嗔癡。

於是，簡媜的散文至此是真正老了，且持續地老。她回看老後書寫，乃是「與自己的命運和解，才能看到夾藏其中的上天恩賜，內心平靜，品嘗生命之悲喜。」對現實社會解剖刀似的鋒芒還閃著刀光，對時間轉速的不安卻越見平安，於是寫下與老同遊的請柬：

> 肉體的敗北並不可恥。早衰，是我的老年資優先修班，訓練我不要與時間為敵，勿貪戀那一生僅有一回、無法複製不可取代的青春。

原來，老的時間感不是凝凍於過去，而是過盡千帆，才明白所有當下在下一秒就成為流過的水，卻仍選擇「把腳浸入水中，認了眼前風景。天地悠悠化育，四時潺潺嬗遞。」

如果寫作的簡媜是早衰的，那麼，《天涯海角》對追尋身世之

路的重返，就像瑪麗安娜對史都提出的邀約：「想做愛嗎？」那是對他人提問，也像是給自己的答案。簡媜花了長長的十年，用《誰在銀閃閃的地方，等你》喚回的終將不是青春，而是在時間裡飄遊的姿態，用書寫飛濺而起的水花。

「他們一直到盧森堡才做愛。」腰背酸痛，遲到的性慾，失眠、白髮與失憶，在愛的歷史裡，即使困頓掙扎、死去活來，所有爭吵彷彿都朝向和解。

我覺得，簡媜的老裡，有很多很多溫柔。

廖玉蕙 論壇

主持人

　封德屏

發表人／題目

　廖玉蕙

　　為生活尋找一個說法

討論人／題目

　吳鈞堯

　　我認識的廖玉蕙

　賴鈺婷

　　「真」、「敢」、「寫」

　　──廖玉蕙的散文實踐

封德屏

為生活尋找一個說法——廖玉蕙

東吳大學中國文學博士，臺北教育大學語創系退休教授，現專事寫作、演講。曾獲吳三連散文獎、臺中文學貢獻獎、中山文藝獎、吳魯芹散文獎……等。著有：《當蝴蝶款款飛走以後》、《後來》、《在碧綠的夏色裡》、《純真遺落》、《廖玉蕙精選集》、《像我這樣的老師》、《五十歲的公主》、《純真遺落》、《寫作其實並不難》等四十餘冊散文、小說；另有《古典其實並不遠》等語文相關教材、臺語數位有聲書二十餘本。

　　我真正持續創作，較諸一般作家，算是開始得很晚。我在學院裡研究戲劇，寫作卻從散文入手，有人在研究論文裡分析我的散文受到所學的影響，充滿對話、畫面和情節，近乎戲劇。這樣的觀察基本上是無誤的，但受到所學的影響云云，我則覺得有待商榷。

　　人格影響文格也許是比較更切近事實的說法。我一向愛熱鬧，凡事好奇，喜歡追根究柢，然嚴重缺乏紀律，雖喜蘊藉婉轉充滿紛繁意象的詩作，卻感覺字字精雕細琢的創作，和我距離遙遠；熱中閱讀埋伏照應且組織綿密的長篇小說，卻自知缺乏耐性，無能善後。選擇「既散且文」，可以適度文飾卻容許海闊天空的散文入手，似乎在情理之中，而所寫作的散文題材朝向生活靠攏，也正是個性的體現。

　　從小，父母忙著討生活，也沒有學會教養子女的方法，無暇也無法照應孩子的心理，而我又因為轉學到城裡，飽受人際的困擾，以致課餘的閒暇時間幾乎都是獨自一人，或喃喃自語編故事，或以旁觀者的角度，不時觀看對我而言著實難以理解的世界，企圖為生活尋找一個說法。

　　結婚以後，一向受困於人際的我開始被迫挺身面對生活，跟人群密切接觸。不只當女兒、當學生，還要為人妻、為人母、為人師、甚至人媳……，角色轉換，一日數變，無一不須講究互動。我開始思考應對進退的眉角，於是，執筆為文成為最佳的學習途徑，兒時的觀看、思考和進入學院後學習到的歸納分析，在筆端融合、爬梳、運行，文學與生活緊密結合，使得實踐相形容易。

　　我的創作循生活的軌跡，亦步亦趨。初出社會，將一切的人際摸索付諸筆墨，集結成《閒情》、《今生緣會》、《紫陌紅塵》和《嫵媚》；孩子正當稚齡，我將教養實錄歸納為親子散文《記在心上的事》、《如果記憶像風》、《沒大沒小》、《與春光嬉戲》；教書告一段落，對教學現場多所體會，於是，出版了《不信溫柔喚不回》、《當風箏往上飛》、《讓我說個故事給你們聽》和《像我這樣的老師》，分析台灣的師生關係，並藉機反省自身教學生涯的種種緣會與困境；在某一段時間內，因為常隨外子出外寫生，足跡踏遍台灣各角落，也曾和外子合作出版圖文並陳的遊記，如《曾經的美麗》和《一本燦爛》，記下眼中所見的風土人情。而隨著年齡的增長，對人性的弱點開始有了同情的理解，對人多了份寬容，於是，《五十歲的公主》、《公主老花眼》、《不關風與月》和《一枚戒指》以詼諧之筆開始敘說女人的心事，眼底的滄桑；不過，也正因知道人性脆弱，了悟制度建立的重要，生活關注面也逐漸拓展，對公共事務多了份求全，於是《大食人間煙火》跟《純真遺落》風流調笑，側重展現世情，主張對荒謬微笑、和遺憾握手；後來，在聯合報《名人堂》撰寫的專欄則對社會及教育制度多所批判與期許，也集結成書，題為《寫作其實並不難——凝眸光與暗，寫出虛與實》。進入知命之年後，母親身體日趨傾頹，我雖全力侍奉湯藥，終究也只是徒然，《後來》成為台灣早期女性的寫實記錄，一本懷想母親的傷痛之作。如今，網路成為新貴，臉書席捲全台，我也學會在雲端與讀者對話，《為什麼你不問我為什麼？》、《老花眼公

主的青春花園》，是我嘗試向新時代網路文學探問的作品。近年來則相繼出版《在碧綠的夏色裡》和《當蝴蝶款款飛走以後》的長篇短製參差互照的散文，既回顧過往，也放眼未來。好奇嘗新一直是我不變的人生信念，這兩年來，我更嘗試在網路上出版《廖玉蕙台語讀散文有聲書》，以我的母語，寫、讀散文，向我仙逝十年的母親傾訴纏綿的思念。

我一向主張無論寫作或教育，都是為了讓生活更容易。教書務求深入淺出、明朗扼要；寫作則深信誠懇朗徹的重要，無論做人或作文都一以「老實穩當」為要。年歲漸長，越發相信：「只有真心對待，不以諂笑柔色應酬，人間才有華彩。」寫作也是這樣，「唯有著誠去偽，不以溢言曼辭入章句，文章才有真精神。」自從寫作之初至今，秉持的初衷未曾或忘。因此，無論時代風尚幾經遞嬗，文學理論與思潮產生多大質變，至今總共出版四十餘本散文與小說創作，我只安靜做自己，並不追隨風行草偃的流行。

我凝眸注視生活，希望寫出來的作品至少能引發共鳴，其次能感動人心，若能對人心有所豐富或提升則是所至禱。我深信百花齊放的文壇，才是豐美潤澤的園地：有人追求酷炫奇異，有人直探深邃艱澀，有人耽溺譁眾取寵，也有人兀自埋首、孤芳自賞。因為人人不同，才見得品類繁複、婀娜多姿。而我，服膺梁實秋先生所說：「散文固然美妙多端，但是最高理想不過『簡單』二字而已。」這「簡單」二字，正所謂「舉重若輕」、「以簡馭繁」。所以，寫作一本流暢自然、意味深遠，又可以讓大部份喜愛文學的人

看懂、看得進去的散文，一直是我「文學理由」的初步實踐。這跟我長期執教或有大關係，教學不能只青睞菁英，總希望每位有心向學者，都能在課堂上得到照應；這種為人師的理想一旦落入創作，也希望使用大家都懂的淺近文字、用最容易被理解的方法，將胸中的一點塊壘傳達給讀者，不掉書袋，既不賣弄辭藻，也不故作艱深，盡可能的不放棄任何一位讀者。

然而，無論深入或淺出都不是容易的事。深入的不易大家都明白，若無深厚的學養及思想的高度無以致之；但如何曲盡深入的觀察或思考給讀者知曉，則又是另一種考驗，其難度絕不下於深入。雖寫作多年，我仍日日斟酌琢磨，期待尋找到最適當的字句。

一直深信文學創作與閱讀都應該可以消閒解悶、可以止痛療傷、可以給人安慰，更可以為社會尋求公義，甚至為生活尋找到一個合情合理的說法。所以，我每天認真生活，不放過任何細節，總希冀從人生最普遍的地方尋找不同的意義，從最容易被忽視的角落，看出不容忽略的問題。近年來，感覺寫作的專欄，常常透露出騰騰的殺氣，這和我以往的婉約溫暖路數明顯迥異。這樣的自己，經常困擾著我，我素行懶散、悠閒，從來不是激進份子，寫專欄時總想踰越口誅筆伐的藩籬，讓在亂世中被腥羶、暴力、八卦圍剿的閱聽人尋找出動人的題材。然而，本性裡的俠氣總會不自覺跳出來搖旗吶喊；容或如此，我還是深信美好世界的期待是不分你我的，夾帶著故事的寫作，遠勝叨叨的說理。

一直喜歡洪昇《長生殿》傳奇中的一段：

「春色撩人，愛花風如扇，柳煙成陣，行過處，辨不出紫陌紅塵。」

　　熱鬧繁華的紫陌紅塵中，固然有千瘡百孔的斑駁景致，卻也不乏夾道煙柳、逐風蘭麝。溫潤動人的故事遍布社會底層，這些擠不上新聞版面的景致，有的寫在小孩兒天真無邪的雙頰上；有的烙在勞苦工人滄桑的皺紋裡；有的鐫刻在小門深巷婦人滿足的笑靨中。每當靜夜兀坐凝想，便不禁為之心動神移。我切盼自己能永遠維持童年的赤子之心及向世界探看的熱情，將這些記憶長河裡的涓滴匯聚進文學的江海中。

　　我寫作是因為我真心喜歡創作，不管是過程的焦慮或完成的歡愉，事後，都讓我感受巨大的快樂。因為寫作，我尋思到人際的對應與生命的意義，生活因之變得更加容易。

我認識的廖玉蕙——吳鈞堯

東吳大學中文碩士，作家。曾任《幼獅文藝》主編及各大報文學獎、文化局等評審，現專職寫作，執筆兩岸等華文傳媒專欄。曾獲《中國時報》、《聯合報》等小說獎，梁實秋、教育部等散文獎以及九歌出版社「年度小說獎」、五四文藝獎章；金門歷史小說《火殤世紀》獲 2011 年臺北國際書展小說類十大好書、文化部第三十五屆文學創作金鼎獎。2016 年出版《學生》獲國家文化藝術基金會長篇小說獎助。2017 年出版《100擊》，是作者對散文創作的重新撫觸與嘗試。

一、搭她的便車

　　廖玉蕙成名久矣，「俠」之本質，讓她從名家，成為「名嘴」。台灣對「名嘴」都無好評，上電視搬弄是非、數落政治人物，多負面意義。還好廖玉蕙的「名嘴」幫這詞彙掙點光彩，她針砭教改、洞察社會，發而為文，影響力大。她也真的全國「說」透透，只要有意義，自己花錢都願意去說。一次，我們商議何時開會好，她拿出記事本，很難勻出空檔。廖玉蕙一年百場以上講座，經常一天中連趕數場。

　　說，能說，還必須能跑、願意跑。廖玉蕙的熱情是風火輪，講演的文學、教育、社會百態，猶如楊枝甘露了。甚且，演講現場也是百態。有一回演講後，學生抱歉地遞上微薄束脩，突然靈感來，向在場同學嚷嚷，「大家幫忙捐演講費，捐多少是多少！」根據廖玉蕙轉述，我都能聽到那位「帶頭學生」的興奮，「後來，我就帶著少少的演講費、樂捐的幾百塊紙幣，跟一袋銅幣回家了。」

　　還有是喧騰一時的「小姐」爭議。2016 年年底，廖玉蕙受邀到亞洲大學演講，網路報名系統將廖玉蕙的頭銜植為「小姐」，同樣受邀的媒體人陳文茜卻稱「教授」，殊不知廖玉蕙在大學任教數十年，才是真正的「教授」。「稱謂」不單是「說詞」，一個人該怎麼稱呼，從個人觀點或單位立場等，都是學問。

　　我跟廖玉蕙才認識就交情匪淺，主要是《幼獅文藝》。廖玉蕙曾擔任雜誌編輯，記憶猶深當年校對時，主編瘂弦朗讀作者文件，

廖玉蕙則根據瘂弦的字音，一字一字印證。那像讓人懷念的老電影。瘂弦讀著，「你的昨日與明日結婚╱你有一個名字不叫今天的孩子」，廖玉蕙聽著、盯著，時間也就過去了。《幼獅文藝》六十周年慶，邀了廖玉蕙當主賓，適逢台北「太陽花學運」，道路封阻，廖玉蕙左拐右彎，穿過無數拒馬，來到會場。每一道拒馬，都歷史起來了。彎、彎、又彎，如同時間，乍看直、直、無比的直，實則曲洞千迴。

　　廖玉蕙離開《幼獅文藝》以後，轉入教職，歷任東吳大學、世新大學，並從台北教育大學退休，曾與夫婿蔡全茂，在我主編的《幼獅文藝》開設圖文專欄，一文一圖，走大城、訪小鎮，結集出版《曾經的美麗》。除了散文，廖玉蕙寫了多種古典教學叢書，如《廖玉蕙老師的經典文學——史記故事》、《古典其實並不遠——中國經典小說的 25 堂課》等，幫古典轉化形式，精深勾勒淺淺出，這是在搭橋，以文字跟識見，架鋼筋、灌泥漿。

　　我跟廖玉蕙更常於文學評審、文化評議場上見。她非常有說服力，喜愛的作品一定力挺，強調作品特色若還無法說服，改攻主題、再攻文字，再不成，轉換策略，改攻擊其他文章的「缺點」。評議場上，她總能找到關鍵發言，預算合理性、人力調配，乃至於錯字等，我常會「咦」地暗暗驚呼：「我怎麼沒看到？」能說之前，必須能看、細思、宏觀，廖玉蕙在評審與評議場上，都是我的「老師」。

　　廖玉蕙散文不刻意求工，而求真，一旦真情到，善與美都來

了。

　　多次搭她便車，聊雜誌過往、她的孫女跟老公。不過，搭她「便車」之前，我們多次在停車場找車，「我記得是停在地下二樓的呀？」我常感到懷疑，玉蕙姊讓我搭車，是預謀讓我陪她找車。但是，這多難得呢，讓時間，在地下室一陣迂迴，而且，只有我跟玉蕙姊。

二、金剛芭比

　　讀廖玉蕙，除了她的散文書寫，另有新釋的「古典文學經典普及教材」系列，或訪或著，談古典戲曲、詩詞，以當代能解、能用為原則；舊內涵倒進新容器，廖玉蕙清楚地說了，古典不古，新世代，人的心哪也未必新，當代與過去，於人心的孤寂與豐富，何嘗增減？

　　浸淫古典的廖玉蕙，想必十分哀愁而安靜，這就有別於我認識她的另外兩種文體，一是論述小品，多發表在《聯合報》「名人堂」，振振有理，常引起廣泛討論；再是臉書貼文，娓娓道來兩個孫女成長，先生與兒、媳偶爾跑龍套，貼文變成「成長劇」。我未曾親見其孫「小龍女」，但彷彿也抱她、逗她。

　　廖玉蕙的論述小品，現其金剛身，諸如教育精神、民主真諦、老年教養等，都有見地，〈為你朗讀〉鼓吹學校推廣「讓聲音幫助寫作者找到最準確字句」活動，她並介紹了文化部建構的《閱讀文學地景》套書，以及精選的有聲書。文字精準，咬音則未必，到位

與移位之間，我以為正是文學空間，「啊，那個人，是這樣唸著『廖玉蕙』的呀……」。〈老師的臨別贈言〉記敘師恩，更在述說課堂上難以傳承的「身教」。她受訪時點得直接，「人性不喜被教條指導，卻容易為小故事感動」。廖玉蕙的論述小品收錄為《寫作其實並不難：凝眸光與暗，寫出虛與實》，雖稱「以小博大」，以故事贏真情，我卻認為這是玉蕙姊的剛硬之作。

　　一篇文章，置一個或幾則故事，圍繞一個主題，說得委婉，但都有稜有角。我深感「名人堂」專欄，讓廖玉蕙有秩序地為她所處的世界，認名、命名。「文學必須具有反抗的精神」在她身上大幅度被看見了，反對國光石化興建、抗議華光社區拆遷、支持多元成家、為洪仲丘事件走上凱道。沉浸於社會現實，並反芻為文的廖玉蕙，該也安靜而哀愁了。

　　我慶幸在廖玉蕙成為「金剛」前就認識她，才不會被其金剛貌給嚇著了，我注意到，我給玉蕙姊寫信、打電話，都有所求的，「可不可以幫年輕作家寫個短評？」「好不好呀，約莫在春季，金門有個文學獎拜託您來評審……」我敢於開口，一個背景是玉蕙姊早年曾當過《幼獅文藝》編輯，念在「同出師門」，總能享點特殊待遇；還一個關鍵是，我根本就看出來了，玉蕙姊「金剛其表、軟絮其中」，她原來耳根子極軟，懇求不成，哀求總該能成。有一次玉蕙姊幫阿盛打了一個電話，道是他腿傷，無法依約演講。我能看到電話那一邊，玉蕙姊完成任務滿意微笑，掛了電話。電話這一頭，我們可慌了，「怎麼辦呢？」我與編輯相覷，時間急迫，誰能

頂下阿盛的空缺，又讓學生滿意？

　　「玉蕙姊，那個那個十一月八日，可以麻煩您，幫忙談一堂散文課程嗎……」玉蕙姊從報信者，變成直接送信的人。關於兩個孫女，廖玉蕙的臉書寫得多了，但我卻牢記一件隱晦之事。一次會議後，我搭她便車，她說本來無法載我，她要回台中，但想起一件電熱毯子沒拿，「我媽媽呀，怕冷。」母女之情，本自然而然，但我記得她那一刻的口吻，只是一個發語詞「我媽媽呀」；金剛原來是芭比，而且唯有當她是芭比，才能當好微笑的金剛。

　　玉蕙姊讓我在路口下車，我未如往昔，一頭鑽進捷運站，看著她轉進愛國東路，也看著一個女兒，與她的母親，長長的相思。

「真」、「敢」、「寫」——廖玉蕙的散文實踐
——賴鈺婷

臺灣師範大學國文碩士，作家，創作文類以散文為主。曾獲時報文學鄉鎮書寫獎、行政院第三十五屆金鼎獎「最佳專欄寫作獎」。作品描繪行走於臺灣鄉鎮、聚落風景間的心情感悟，擴及人事物景的流轉變化。著有散文集《彼岸花》、《小地方：一個人流浪，不必到遠方》、《遠走的想像》、《老童年》。

　　閱讀廖玉蕙的散文，總要驚呼：她好大膽！好敢！

　　怎麼敢這麼寫？竟然這麼敢寫！

　　再者驚嘆：一個謙稱三十五歲才開始寫作的作家，竟已累積近六十本著作，散文創作近四十本！這概約數字，隨時在變動攀升，因為她還一直不停寫寫寫！

　　驚人的創作力不限於此，廖玉蕙活躍於網路社群（facebook），勤於紀錄發佈，每日幾乎都有主題書寫發表在個人專頁，獲得廣大迴響。對於社會議題即時關注、勇於發聲表態，不管對象是讀者粉絲或網路鄉民，擁抱或迎戰，她都認真投入、耐心回應。嘈鬧紛擾中，不卑不亢，頗具任俠之姿。

　　誠如廖玉蕙演講時回憶當年出版第一本書《閒情》，楊照先生的評述：「名為閒情，其實裡頭烽火連天。」我認為很能概括她的書寫風格。

　　乍看是寫親情、家庭，擴及師生、友朋、尋常瑣事的溫暖基調，實則交錯著捫心自省、針砭荒誕的用心。她曾在書裡說，自己有「不斷振臂攘拳」、「不平則鳴」的「糾察隊」精神。我認為這正是廖玉蕙書寫的本色：致力於展現生活、創作、態度的真誠。或幽默風趣，或溫馨感人，更有耿介仗義、敢言能言的熱腸。

　　她的批判不尖銳犀利，卻有堅實的信念立場。正如楊照先生早年觀察，是「介於龍應台和席慕容之間，另出一派。」而另出的這一派，正是廖玉蕙之所以為廖玉蕙，獨步文壇之處。

　　廖玉蕙能說擅寫，但凡周遭尋常物事、生活點滴都自有鮮奇妙

趣。寫人物特質，家常應對，活脫真實，尤其傳神入骨。在散文創作中，這種讀來彷彿不避諱、無遮掩的書寫，相當困難。特別是無從閃躲、模糊身份的親人。

她的散文裡，作者我的各種身份輪番登場，以女兒之姿寫母親和童年、母親之姿寫兒女成長與教養、妻子之姿寫丈夫和婚姻、阿嬤之姿寫孫女和天倫、手足之姿寫和兄姊親族一生情分、師長之姿寫和學生如摯友家人的情誼互動。

這其中，除了學生下筆時可以模糊身份，避免如實對號外，所有的關係、指涉都清清楚楚：年輕時的母親，如何在小廖玉蕙的心靈裡留下陰影；剛嫁為人婦時，婆家的女權如何低下，過年吃飯，連婆婆都沒有座位；丈夫憨實寡言、不解風情；兒子幼年時聰敏調皮、女兒成績不好，被同學欺侮霸凌；五湖四海遊走的小哥和嫂子一生牽扯的江湖……。這些真人真事，讀來生動親切，深具感染力。放眼文壇，廖玉蕙散文的代表性，在於這份「真」。

讀她的作品，從早前至晚近，主題從她作為女兒、妹妹，乃至初為人媳、人妻、人母，到家庭加入新成員，她當上婆婆、阿嬤，讓讀者深感共鳴、心緒隨之澎湃的，就是這份一以貫之的「真」。

這份「真」功夫，是廖玉蕙親族書寫的底蘊，讓人讀著讀著，不免驚訝佩服她「真敢」！畢竟，當「散文我」和「現實我」那麼貼合，當個人、家庭隱私成為作品素材，被書寫的關係人不會抗議嗎？他們能接受自己裸裎於世人眼前的姿態嗎？

這麼「真」的散文，要怎麼寫才能周全？自嘲自曝可以無畏各

界賜教，但對象若涉及可確指的親族，尚需面對公開發表後關係人的感受。這是散文書寫觸碰親族素材時，無以迴避之處。

廖玉蕙能寫、敢寫，舉重若輕，收放自如。將作者我在人生閱歷、家庭人事變遷中的各種身份寫得淋漓盡致。

譬如她寫母親，細細爬梳成長記憶中，那個宛若暴君，強悍專制、重男輕女的母者形象。家常瑣事一點一滴的傷害，如何形成小廖玉蕙內心的陰影，從而成為她自身教養兒女的負面教材。在她筆下，和母親相處的委屈、日常扞格衝突，一樁樁一件件，那個不由分說、一逕責罰自己的母親，那個在病榻中依然任性使氣，跟外籍看護爭風吃醋的母親……。一個屬於廖玉蕙母親的形象立體而鮮活，讓人讀來既疼且痛，並且深刻明白，何以廖玉蕙說，自己的一生想來都在討好母親，為了榮耀母親，贏取她的歡心，那麼努力上進；然而難免也嘆：為母親付出甚多，她心中到底還是偏向兒子，乃至於不准女兒分產。

廖玉蕙寫活了這些細密曲折，她作品裡有大量的現場直播，對話、事件、來龍去脈，清清楚楚。她敢把是非端給人看，但不是要人看戲裡的是非，而是要人看出情味。情味，是廖式散文的絕活。

陳芳明先生的一段評述，頗能概括呼應。他說：「廖玉蕙散文動人的地方，不在於文字技藝的華麗，而是以真情牽動讀者的心靈。她開創出來的這條道路，無疑是抒情傳統的異數。」

抒情傳統，為親者諱，或者以修辭指涉、象徵涵蓋，不說盡場面，多用描寫烘托，側重感受心情。是意象氛圍式的，連綴事件多

為懷人抒情。廖玉蕙的書寫則另闢一徑,她筆下是個劇場,人事時地物俱足,場面一個串一個。她捨棄散文以詞藻描繪代言的模式,而是讓事件流動在讀者眼前,讓劇中人自己說話、互相對話。她的筆法猶如說書,但特殊的是,「現實我」和「散文我」合一,「我」在其中,是當事者、關係人,並非旁觀者。

過去長年擔任大學教職,廖玉蕙也寫師生情誼、教學生涯所見的學生百態、青春靈魂的善美、困愁。其中有遭遇困厄,進取奮發的事例,也有許多善解貼心的溫暖故事。她以校園題材、師生互動為主軸的散文,除了維持一貫的寫實筆法,在情味真切之外,更蘊含一份師者溫厚圓融的勸喻省思。

她說:「溫柔對待學生,便是教師最棒的成績。」自己一生最怕的,就是在不經意間說了什麼話傷了學生,影響學生一輩子。閱讀廖玉蕙著墨於師生互動的作品,再細察她長年致力於推廣活化語文教學的用心,這是師者廖玉蕙,以一己之力,想讓文學更為普及、貼近生活所做的努力與實踐。

這個面向的廖式書寫,不僅止於個人創作的成就與企圖,而是帶著淑世理想、愛與熱忱,為所當為的樹人情懷。她將一系列的古典文學重新整編,輔以現代詮釋,讓經典普及化;她進錄音室,將作品以日常口語重新演繹,錄製台語有聲書……,多元創作的苦心及成果,是廖玉蕙創作版圖中,不容忽視的一塊。

廖玉蕙近作,以散文之筆記錄兩名愛孫的互動成長,不同於一

般親子書寫的角度與眼光，是文壇首見、堪稱隔代書寫的嬤式散文。這一系列作品，從嬰兒誕生對家庭成員的影響，寫到孩子帶著詩意的童言稚語，以及祖孫互動間的生活啟蒙、日常教養。她筆下的童趣與童真，鮮活而溫馨，不是童話式樣版，有委屈啼哭，有懵懂吵鬧，對事物有出於直覺、令人莞爾的天真解讀，有歪打正著、發人深省，不矯揉作態的真情流露。

綜觀廖玉蕙作品成功之處，在於不論下筆對象情境如何，她都能溫柔體察其中的幽微曲折。她的作品之所以引人入勝，在於她能直視人間萬象中的不堪與滄桑，時以幽默點出其中的荒謬，時以悲憫寫出無可如何的哀傷。她的文學很生活，捨棄迂迴修辭，讓語言自然流動，貼近現實，符映情真；接納美善與醜惡，歡喜與憤懣，光亮與陰暗，讓形形色色的人格特質、紅塵百態，如實呈現筆下。

我認為，這正是廖玉蕙散文「不藏之技」的高度展現：很有事、很有戲，有情、有味，裁鎔間渾然天成、不落鑿痕。一以貫之，「真」、「敢」、「寫」的散文實踐。

吳晟

主持人
　林巾力

發表人／題目
　吳　晟
　　世俗人生・世俗文章

討論人／題目
　陳義芝
　　自然主義者：
　　吳晟詩創作的歷程
　楊宗翰
　　論詩人吳晟的早期風格

林巾力

世俗人生・世俗文章——吳晟

屏東農專（後改制為屏東科技大學）畢業，詩人。曾任彰化縣溪州國中教師，靜宜大學、嘉義大學、大葉大學中文系兼任講師，1980 年應美國愛荷華大學國際作家工作坊之邀，擔任訪問作家；現已退休，專事耕讀。著有詩集《飄搖裡》、《吾鄉印象》、《向孩子說》、《吳晟詩選》、《他還年輕》；散文集《農婦》、《店仔頭》、《無悔》、《不如相忘》、《一首詩一個故事》、《筆記濁水溪》等。

一

我從年少熱愛文學，廣泛閱讀文學作品，近乎耽溺沉迷，並學習寫作，至今已一甲子歲月，不離不棄，從未間斷，幾乎無一日不接觸文學，至少會翻閱雜誌或報紙副刊。每趟出門背包內必帶一、二本文學書籍；若去城市，盡量抽空逛書店，每逛書店，必定克制不了買書欲望。平日也會留意報刊雜誌的新書廣告，有中意的書，則以郵局劃撥方式購買。

凡經我手之書，必妥善保存，將近一甲子，累積數量不亞於一座小型圖書館，2009 年特地在自家庭院建造一間六十坪、二樓半，專門給書住的房子。

我對文學的深情、癡情，無庸置疑；但坦承招供，並不專情，或者說，並不專情於「純文學」。

我從初中三年級開始投稿，陸續在各報刊雜誌發表詩作，包括著名的《野風》雜誌、《文星》雜誌、《藍星詩頁》、《幼獅文藝》……等等，中學階段至少發表了四、五十首。

我既然年少就對文學有濃厚興趣，況且展現了小小「才華」，按照「常理」，毫無疑問應該選讀社會組，上大學就讀文學系，我卻執意選讀自然組，讀得很辛苦，最主要的因素是，我的志向很明確，定位自己為自由寫作者，不想成為專業研究者、教學者，總之，我不打算以文學為謀生工具，以免被束縛，而是當作一輩子自我追尋的崇高志業。

　　高中時期，我在台北就讀，經常去重慶南路、衡陽路，延伸到
牯嶺街一帶，逛書店、留連舊書攤，或許是個性傾向吧，我的閱讀
固然以文學書刊為主，但同時接觸到《自由中國》、《陽明》、
《人間世》、《文星》等等社會評論的雜誌，以及哲學、政治、文
化思想的書籍，雖然很多文章一知半解、不甚了然，卻有一股強大
吸引力，彷如一波又一波知識的浪潮，不斷衝擊我年輕的胸膛、激
發我青春年華的熱情，更甚於「純文學」。

　　1966 年我自費出版一本薄薄八十頁的小詩集《飄搖裡》，收錄
高中到農專二年級的習作，請張健老師做序，其中有一小段：「仔
細推敲過他的聲音……，你會發現他有他的抱負和強烈的正義
感。」「在此他表現了一個有心用世的年輕人的壯志與苦惱。」

　　簡短數語，勾勒出我這一輩子的生命基調，也預告了我關注社
會現實的文學傾向。

　　性情決定風格。

　　1976 年 6 月，我在《笠》詩刊發表一首詩作〈諦聽〉：

　　　紛亂的雨聲、哀哭的風聲中
　　　多少的鳥，將無巢可棲
　　　多少的花，將無果可結
　　　……
　　　多少焦急的訊息，將無從傳遞
　　　多少莫名的恐懼，將無從依恃

更有多少冤屈，將無從申訴

……

黑天暗地裡

你的不眠，在諦聽什麼……

　　正是現實社會的聲音，吸引了我大部分的心思去「諦聽」、去探究、甚且忍不住直接去參與，「壓抑」了我的文學興趣；在忙碌的世俗生活中，盡量「偷得」些許閒暇閱讀、寫作之外，實在沒有餘力研究文學論述、耽溺閒情逸致、個人心緒，或是結伴聚會、趣談文人雅事，因而從未加入任何文學團體、任何詩社。

二

　　求學階段，我的閱讀與寫作，文類廣泛，雖然偏愛新詩，但青春年華探索生命、關注社會的觸角特別敏銳，自主性時間較寬裕，詩、散文、小說、隨筆乃至時事議論、電影評介，都有興趣，都留下一些習作。

　　1971年我從屏東農專正式畢業，隨即返回家鄉國中任教，緊接著結婚、養兒育女，和多數平民大眾一般，為生活奔波，每日每日，教書、協助母親耕作、陪伴子女成長，佔去大部分時間，可想而知十分忙碌，少有空暇安靜坐下來寫作。

　　所幸詩篇隨時可以醞釀，所幸繁忙而踏實的安定生活中，詩情特別澎湃，常有吉光片羽、靈感閃現。

　　我的創作沒有長篇大作，但也少有即興式零散之作，大都先設定一大主題，不斷體驗、尋思、感受，隨時捕捉靈光閃現的詩句、做札記、累積了一定數量，把握精神特別飽滿、時間充裕的「半日閒」，連綴成篇，多次修訂潤飾而定稿，一篇一篇合成組詩。

　　回家鄉教書、耕作十年，完成了《吾鄉印象》及《向孩子說》這二冊詩集。雖然獲得不少共鳴，但詩作重精鍊，長於抒情，除非成為「經典名句」，廣為傳誦，畢竟是小眾；一般而言，散文較普及，包含記事、敘述、論理，脈絡清楚，閱讀者容易理解，產生立即性的影響。

　　1979 年 5 月，我的《農婦》散文系列，以母親為典型、擴及厝邊隔壁農村婦女的勞動生活為主要題材，開始在《聯合報》副刊陸續發表，而於 1982 年 8 月結集成冊，「洪範書店」出版。這是我的第一本散文集，出乎意料之外，引來甚多的迴響。

　　詩需要醞釀、經營，等待意象的出現，可遇不可求；散文大致上是「好歹一回事、想要寫就有」，我的散文創作，一方面受到鼓舞，另方面涉世更深，想藉助文學、呼應社會參與，發揮影響力的心情更熱切，因而詩作漸少、散文漸多。

　　整體而言，我的散文作品，介入現實生活、表達社會意見，遠多於抒發性靈、呢喃個人幽微的情感；實踐社會懷抱的實用價值，遠大於成就藝術的追求。我不尋幽探密、說賢話聖，不講究精緻美學、不崇尚繽紛的文采、華麗的雕飾，但求平實暢達，有廣大的讀者親近。

　　我無意強調詩以言志、文以載道，也無意高倡作家的社會責任，但我確知文學必然對社會有影響，我信守的創作規範有三，首重本乎真誠，敘事要清楚、說理要明白、不含糊，無論什麼立場，一定要站在事實的基礎之上去論述，絕不許虛矯做假、扭曲事實；其次我時時警惕自己，盡量充實相關知識，尤其是決定下筆為文的題材，更要多面了解，以免認知不足、流於偏頗；最後，回歸文學本質，我深信文學的說服力，不只來自道理的陳述，更是來自美學的、情意的感動，也就是「發乎情、止乎理」。

三

　　如同任何行業，認真做好份內之事，便是克盡社會公民責任；作家創作好作品，當然也是社會參與，不必然還要「挺身而出」。然而像我這樣世俗，時時不忘、百般思索社會現實的寫作者，關注之事轉化為作品之外，常受到現實情勢的驅策，忍不住直接投入具體行動。

　　世事紛雜，而關注之事何其多，個人能力何其微薄、時間心力何其有限，管不盡天下不平事，只能斟酌量力而為，忍痛割捨很多事件、議題的參與；看時機，選擇最關切、又可以著力，可能完成的事去投入。

　　1976 年，我出版了《吾鄉印象》詩集，開始著手整理《向孩子說》系列組詩的札記，有個假日，得到空閒，我獨自去任教的學校，坐在班級教室窗戶邊的學生座位，專注修訂一首詩作〈阿爸願

意〉──

　　若是為了自己的聲名榮華

　　阿爸不願意向任何人

　　假裝微笑

　　若是為了維護你們

　　孩子呀！阿爸願意向任何人

　　下跪、或抗爭

　　我沉浸在詩句的推敲，忽然注意到我們校長站在走廊窗戶邊，看著我的詩稿。那麼巧，校長假日也來學校巡察。

　　我們校長賀玉琴，大我十歲左右，平時就像大姐般愛護我，十分親善，我向她打招呼，她拿起我的詩稿，很嚴肅訓示我：跪天跪地跪父母，對別人不可以用下跪二字，太沒骨氣。

　　簡單幾句話，大大敲擊我的省思。

　　幾番斟酌，我將「下跪」修訂為「懇求」。

　　下跪？懇求？抗爭？

　　我一輩子當陽春教師，不為自己的名位利益求人，但為了實踐社會懷抱，無論是對抗不公義的政策，或是推動理想社會的願景，總是費盡思量，必須採取甚麼對策？

　　若只是逞英雄，只需痛快的批評、抗爭；但若為了完成使命，有時必須籌畫發動強烈的抗爭，更多時候要有堅定的毅力去奔走，

耐性去請託；不厭其煩宣講理念，甚至近乎低聲下氣去懇求認同、相助，此中辛酸、艱苦，絕非書房內的寫作可以體會。

　　但我本質上終究是文學人，無論社會使命感如何強烈，始終不能忘情文學內在的細緻召喚。我常疑惑，文學到底是我「有心用世」的助力呢？還是不能勇往直前實踐社會懷抱的牽扯？「有心用世」的懷抱到底是文學創作的動力呢？還是文學藝術的折損？

自然主義者：吳晟詩創作的歷程——陳義芝

高雄師範大學國文博士，詩人，臺灣師範大學國文系副教授，臺灣師範大學全球華文寫作中心榮譽顧問。以現代詩學、現代散文、文學理論、文學傳播為主要研究領域；創作以詩、散文為主。曾獲時報文學推薦獎、中山文藝獎、臺灣詩人獎等。著有學術論著《風格的誕生：現代詩人專題論稿》、《聲納——臺灣現代主義詩學流變》等；詩集《不安的居住》、《邊界》、《掩映》等；散文集《為了下一次的重逢》、《歌聲越過山丘》等。

　　動筆寫我所認識的詩人兄長吳晟（1944-）前，我先翻讀了吳晟口述、鄒欣寧採寫的《種樹的詩人》。一如封面題記，作為一位「親手闢植一片樹園」的獨一無二的詩人，他窮盡一生的詩情，「和你預約一片綠蔭，一座未來森林」。

　　如果用一句話形容吳晟，我會說他是一位可敬的自然主義者，自然界就是他的宇宙，自然現象、自然原因就是「存在」的全部。這一種生命觀運用到文學寫作時，形成吳晟的思想模式、語言風格：當他從經驗歸納出一個事實時，他就苦口婆心提出一個約定。

　　我閱讀吳晟，早在 1972 年。那年我參與創組的「後浪詩社」，正式發行《後浪詩刊》；那年我最主要閱讀的文學雜誌《幼獅文藝》（瘂弦主編）大量刊登吳晟的詩作。儘管同在中部（彰化與台中），儘管吳晟與後浪詩社（後改名「詩人季刊社」）同仁如洪醒夫、張寶三頗有交情，但與我並不熟稔。1970 年代的吳晟已擺脫第一本自印詩集《飄搖裡》（1963）的現代憂悒，開啟主題鮮明的《吾鄉印象》系列詩，鄉情、土味十足，而我一面寫詩，一面鑽入中國古代典籍的浩海裡，彼此瞭望的方向不同、語言調性也不同。準確地說，當時我並未認識吳晟對台灣社會觀察與感覺的方式，輕忽了他那種對生活的洞察力與塑造力。

　　1977 年秋天開始，瘂弦主編《聯合報》副刊，吳晟的詩作發表園地從《幼獅文藝》轉至《聯副》，他成為瘂弦非常親近的一位友人，一直到現在，他們的友誼都未斷，雖然兩人的政治意識形態並不相同。

　　1984-1987 年吳晟多寫散文，略無詩作。自云：從愛荷華大學
「國際作家工作坊」歸來，「思想受到很大衝擊，回來之後，詩作少
之又少，近乎停頓，創作轉而以散文為主」。1996 年以後他展開又一
波創作高潮的詩，多發表於《台灣日報》副刊、《自由時報》副刊。
在我主編《聯合報》副刊的十年期間（1997-2007），吳晟對外發
表四十首詩，經我手刊登的只有三首（散文倒有十餘篇）。可能的
原因之一是我未熱烈邀稿於他，不像瘂弦對他的「正面發現」。

　　1975 年，吳晟獲第二屆「中國現代詩獎」，即由瘂弦推薦。評
審委員九位（紀弦、瘂弦、洛夫、羅門、商禽、羊令野、白萩、林
亨泰、余光中），幾乎全是倡議現代主義、也有極前衛精神的詩
人。吳晟寫的是台灣鄉土、台灣鄉民、以台灣農村自然風情為背景
的內容，他關心的是現實；而著重現代主義詩法的評審也能欣然接
受他的表現，可見台灣現代詩發展到一個現實與現代匯通的時刻
了。詩獎委員會給吳晟的讚詞是：「詩風樸實，自然有力，以鄉土
性的語言，表現時代變化中的愁緒，真摯感人。」余光中在稍後寫
成的〈從天真到自覺──我們需要什麼樣的詩？〉更加肯定：「只
有等吳晟這樣的作者出現，鄉土詩才算有了明確的面目。」又在與
唐文標論辯時說：「真正威脅作家的，不是批評家，而是一位更好
的新作家。……一定要有一位新作家出現，把同一題材處理得更
好、更新，甚或創作出一個嶄新的題材，才會迫使舊的作家『過
時』，而成為新題材甚至新時代的代言人。」吳晟獲得「代言人」
的獎譽，固然關乎 1970 年代文學氣候從西化潮流轉回民族、現

實，他那樸實的鄉土語言一洗驚奇、怪異、或不免失敗的西化語風，最主要還在於他「發掘了」一個嶄新的題材，這題材的精神是自我認同、自我肯定、自我維護。能將這種題材持續開發，引起共鳴，則因他所關切的事是台灣社會普遍面臨的，也是個人切身體察、帶著感情創傷的。

「我們需要什麼樣的詩？」余光中四十年前的提問文章，有多處「暗合」吳晟其人其詩：

> ……實實在在的東西也不好寫，也許還更難寫。身邊事，天天如此，處理起來卻不簡單。高手娓娓道來，自然親切，說到妙處，更能化腐朽為神奇，咫尺之間，捕得無限。這種詩的張力遍佈全局，並不以片言斷句馳騁才氣。

余光中未明指吳晟，但緊接在「第二屆中國現代詩獎」評審後抒發的感想，以其最新的觀察為對象，十分自然。說吳晟是余氏稱許的「新時代的代言人」，是合理的推測。

四十餘年來，我對吳晟的詩文雖不陌生，但未嘗深究，今年（2017）因台灣師大「全球華文寫作中心」主任胡衍南選定他為「作家論壇」的主題作家之一；真理大學又因他榮獲「牛津文學獎」舉行研討會，我有機會重新審視這位與我寫作素材頗多差異的詩人，考察他的心靈基礎、家園精神，他認定的重要的課題、重要的世界。這一重新審視，更使我確信他是一位詩作不算多但風格極

鮮明的詩人！他長年對我的友誼，從而增添了詩的感動。

　　《他還年輕》是吳晟 2014 年最新力作結集，之前他出過多種不同版本的詩集，後來編纂成《飄搖裡》、《吾鄉印象》、《向孩子說》，第四集《再見吾鄉》則收入《吳晟詩選 1963-1999》，書後附錄詩作編目及發表時間、刊物，閱讀、檢索、研究都很方便。2017 年發行的《種樹的詩人》，則是從側面深化認識吳晟其人其詩的一本參考著作。

　　二十世紀末文學研究已結合了族群、性別、階級等社會課題，文學與環境的研究也日益受重視，生態批評家指出的：沒有哪項文明成果不是對自然的剝奪，人類實際的處境持續惡化中，我們需要提出一種有關文明對自然負債的說明……。這些，都是吳晟長年以詩的語言、詩的體式進行的思考要點。

　　去年吳晟為《種樹的詩人》一書接受採訪，談到樹的樣子就是生命的樣子；樹的智慧就是生命的智慧；唯有自然環境存續，人類文化才可能積累。距 1963 年他寫下第一首詩〈樹〉的時間已逾半世紀：

　　　亦成蔭。以新葉

　　　滴下清涼

　　　亦成柱。以愉悅的蓊鬱

　　　擎起一片綠天

　　而我是一株冷冷的絕緣體

　　植根於此

　　縱有營營底笑聲

　　　　風一般投來

　　當年十九歲的吳晟，即以樹自況，表達「植根於此」的信念，及不趨向外在引力、不受引誘的堅持。五十年來，他不斷呼籲挽救敗壞的環境倫理，面對土地的毀棄，閱歷世情滄桑的他，一次次發出沉痛憂傷的告誡，典型詩作如〈土地，從來不屬於〉：

　　土地，從來不屬於

　　你，不屬於我，不屬於

　　任何人，只是暫時借用

　　供養生命所需

　　一坵田，八百代主人

　　歷代祖先，守護土地

　　再交付下一代

　　看顧，即使擁有

　　也只是億萬年生命史

　　匆匆一瞬

　　五十年來，吳晟對土地、自然用情之深，如對情人、家人一般，既見諸詩文，也付諸行動。「自然」，絕對是他情愛體系中特有的、不可漏看的一個臉譜，是他倫理敘事中最重要的一章，我另有專文發表於「第二十一屆台灣文學家牛津獎吳晟文學學術研討會」，讀者可參。

佛光大學文學博士，淡江大學中文系助理教授。以現代詩學、臺灣文學、出版編輯、文化創意產業為主要研究領域。曾任《文訊》雜誌社企畫總監、東吳大學中文系兼任講師與助理教授、臺北教育大學語創系兼任講師與助理教授。著有《中國語文能力表達：多媒表達》、《淡江詩派的誕生》、《異語：現代詩與文學史論》等書。

論詩人吳晟的早期風格——楊宗翰

　　跨入新世紀後，吳晟自 2005 年起發表「晚年冥想」系列詩作直面生死，並持續以詩文向生態保育及公共議題發聲，展露其對現實主義美學的實踐與堅持。艾德華・薩依德（Edward W. Said, 1935-2003）在他生前未能終卷之《論晚期風格：反常合道的音樂與文學》（*On Late Style: Music and Literature Against the Grain*），針對不同音樂家、文學家的晚年作品加以解讀，嘗試說明何謂「晚期風格」及其抗拒、挑釁、不受編制，乃至這些藝術家們不曾否認、不斷復返的死亡主題。對仍在繼續寫作的詩人吳晟來說，「晚年冥想」系列應該只能算是開啟晚秋書寫之端倪，討論其是否屬「晚期風格」似乎稍嫌冒進。

　　我在這篇短文中想談的，反倒是詩人吳晟的「早期風格」。自 1960 年代初期開始發表作品，吳晟詩中便存在一自絕於群眾的孤零個體：「所有的燈光，都亮起了繁華／亮起群鍵的跳躍／你投入，是一枚沉寂／一枚恁般不和諧的孤零／／迷亂的飄搖裏／因你慣於尋索、慣於張望／因你裸露如斯，無所隱飾」（〈漠〉）、「而我是一株冷冷的絕緣體／植根於此／──於浩浩空曠／／嘩嘩繁華過後／總有春的碎屑，灑滿我四周／而我是一株冷冷的絕緣體／不趨向那引力」（〈樹〉）。從其中「不和諧的孤零」、「冷冷的絕緣體」等語，可看出是詩人欲藉以自況的述志詩篇。從家鄉彰化南下赴屏東農業專科學校念書後，《南風》雜誌與《屏東農專雙周刊》成為他主要的發表園地，且多為詠懷及贈答詩作。其實吳晟整個六〇年代的詩創作，皆不脫彼時台灣現代詩人習慣的書寫美學，遠遠

談不上建立起什麼辨識度。在內容部分，對「現代」之追逐不落人後（也不幸因此面目模糊）；比較值得一提的，反而是在形式上的探索。如 1968 年發表的〈兩岸〉應是師法西洋詩「三聯句」（Terza Rima，亦可譯為三聯韻，乃但丁在《神曲》中首創。採三行為一聯，每一聯的首尾押韻，中間行則與下一聯的首尾行押韻，即 ABA、BCB、……），以三個句子組構與押韻而成。前兩句之句構相近，但意義尚未完備，須留待第三句來補足，譬如〈兩岸〉以下二段：「太陽落了，落了又怎麼樣／月亮升起了，升起了又怎麼樣／你空曠的展視，依然深暗／／雨嘩嘩落下來了，落下來了又怎麼樣／虹撐開了，撐開了又怎麼樣／你深暗的瞳中，依然荒涼」。1964 年余光中新古典詩集《蓮的聯想》問世後，1966 年江萌（熊秉明）在《歐洲雜誌》上發表〈論三聯句——關於余光中的《蓮的聯想》〉，料想皆應對青年吳晟在詩形式的探索上有所啟發。但吳晟跟余光中一樣，在押韻及形式上的自我要求，都離西洋詩真正的三聯句有些距離（恰也保持了相當程度的彈性）。

　　雖然首部詩集《飄搖裏》（1966）個人面目模糊，但所幸吳晟並未選擇朝新古典或超現實之路行去，仍持續不懈尋找屬於自己的聲音。一直要到 1972 年 8 月《幼獅文藝》224 期，主編瘂弦一次刊出「吾鄉印象」系列 12 首詩作，遂讓吳晟成為彼時最早「覺醒」的鄉土詩書寫者，還比關傑明、唐文標與台灣詩人間的「現代詩論戰」早了一步。這樣大規模的展示下，掩蓋了一項不可忽略的事實：當初吳晟寫好並寄出的「吾鄉印象」系列有 13 首，《幼獅文

藝》雖以單排形式一氣呵成刊登，卻獨漏了唯一以台語作為標題的詩作〈店仔頭〉。原來鄉土詩篇「吾鄉印象」透過傳播媒體與讀者初次見面時，吾鄉吾土吾人日常所用之語言，竟得被迫閹割與缺席，實在相當諷刺。作為鄉間村民們討論交流處、日常用品供應站，乃至都市文明輸往村莊的前哨，《店仔頭》（1985）後來成為吳晟一部散文集的書名。作者在散文集裡書寫現代文明如何衝擊鄉村生活，並盡量利用鄉土語言呈現人物個性，全書 27 篇中便有 17 篇採用台語作為篇名。

　　但更早寫就的詩作〈店仔頭〉，敘述者「我們」之態度頗值得關注：

　　　　這是我們的店仔頭
　　　　這是我們的傳播站

　　　　這是我們入夜之後
　　　　唯一的避難所
　　　　千百年來，永遠這樣熱鬧
　　　　——永遠這樣荒涼

　　　　千百年來，千百年後
　　　　不可能輝煌的我們
　　　　只是一群影子，在店仔頭

　　模模糊糊的晃來晃去

　　不知道誰在擺佈

　　詩中「我們」自知只能任擺佈、不可能輝煌，顯然並不以此為傲。這其實是承襲「吾鄉印象」系列自〈序說〉以來，一貫之「陰鬱」：

　　古早的古早的古早以前

　　自吾鄉左側綿延而至的山影

　　就是一大幅

　　陰鬱的潑墨畫

　　緊緊貼在吾鄉人們的臉上

　　〈序說〉還不忘以詩批判：「世世代代的祖公，就在這片／長不出榮華富貴／長不出奇蹟的土地上／揮灑鹹鹹的汗水／繁衍認命的子孫」，顯然在傳達吾鄉故事的敘述者，對吾鄉人們之態度，少有關心愛護，多為「恨其不爭」。因為不爭，導致只能接受命運安排，沒有翻轉的可能：

　　店仔頭的木板凳上

　　盤膝開講，泥土般笨拙的我們

　　長長的一生，再怎麼走

也是店仔頭前面這幾條

短短的牛車路

（〈店仔頭〉）

而路還是路

泥濘與否，荒涼與否

一步跨出，陷下多少坎坷

路還是路，還是

——引向吾鄉的公墓

（〈路〉）

發發牢騷罵罵人吧

盤算盤算工錢和物價吧

伊娘——這款人生

該來不來，不該來

偏偏下個沒完的雨

要怎麼嘩啦就怎麼嘩啦吧

伊娘——總是要活下去

（〈雨季〉）

　　我以為「吾鄉印象」此系列之魅力，正來自隱藏作者與吾鄉人

們間，因位置差異而產生的微妙張力。吳晟父親曾在溪州鄉農會任職，1965 年因車禍驟逝，母親則是鄉間典型農婦。畢業後吳晟未與其他師專同學一樣，赴大城市擔任教職。1971 年他返鄉定居擔任國中生物老師，課餘則陪母親下田耕種。實際從事耕種勞作，讓足跡（或腳印）成為吳晟詩中的重要隱喻，譬如以下兩首發表於 1978年之作：「孩子啊！而你們要細心閱讀／阿媽寫在泥土上的每一步足跡／──不是詩人的阿媽／才是真正的詩人」（〈阿媽不是詩人〉）、「和我們生長的鄉村一樣／不習慣裝腔作勢／阿爸偶爾寫的詩／沒有英雄式的宣言／也沒有輝煌的歌頌／只是一些些／粗俗而笨重的腳印」（〈阿爸偶爾寫的詩〉）。

　　書寫「吾鄉印象」時的詩人吳晟，在田地農作與紙上筆耕間，未曾一刻或忘自己的知識份子身分。就是這點讓最早「覺醒」的鄉土詩人吳晟，對「吾鄉」種種往往排拒多於迎合，字裡行間更寓意批判及反思。所以「吾鄉印象」既少有田園風情的閒逸，更未見吾鄉想像的美化，毋寧說是詩人欲透過書寫行為，探索返鄉後一介知識分子該如何安頓身心？從這裡不難看出，「吾鄉印象」系列依然殘留六〇年代初期吳晟筆下「不和諧的孤零」、「冷冷的絕緣體」餘緒。七〇年代初期這批鄉土詩，可謂奇妙地混雜了現代主義的血緣。

　　曾有評論者以「語言駕馭問題」來責難吳晟，譬如張漢良在談詩集《吾鄉印象》序詩〈土〉時，直指詩人「語言成分不純粹。不只是方言跟官話，而是普通話與『士大夫』話夾雜不清，這是吳晟

的一個致命傷」（見《現代詩導讀（導讀篇二）》，台北：故鄉出版社，1979年，頁129）。援前段說明可知，這點不該被歸類為語言駕馭「問題」；而應是知識分子返鄉後，詩寫自身如何適應吾鄉的「過程」，並留下了詩語言間兩相傾軋的痕跡。置諸詩藝層面衡量，〈土〉或許不甚高明。其可貴處應在保留了「來來來，來台大；去去去，去美國」口號最盛年代，知識份子選擇返身回鄉定居時的迎拒掙扎，語言成分當然也就「純粹」不起來，其理甚明。

　　儘管不能認同現狀，但詩人清楚知道，有天他終將與吾鄉人們一樣，從萎頓步入死亡，徹底安頓：「終於是一束稻草的／吾鄉的老人／誰還記得／也曾綠過葉、開過花、結過果／／一束稻草的過程和終局／是吾鄉人的年譜」（〈稻草〉）、「年年清明節日／吾鄉的人們／必定去吾鄉的墳場／祭拜自己」（〈清明〉）。與1970年代初期寫就的「吾鄉印象」系列相較，七〇年代末期完成的「向孩子說」系列，敘述者態度明顯從陰鬱轉為肯定，可謂從「對外人訴吾鄉之失」易為「向孩子道吾鄉之美」。知識份子與鄉間農民語言間不再兩相傾軋，詩人對口語使用及節奏控制更臻圓熟：「阿爸每日每日的上下班／有如自你們手中使勁拋出的陀螺／繞著你們轉啊轉／將阿爸激越的豪情／逐一轉為綿長而細密的柔情」（〈負荷〉）、「在沒有玩具的環境中／辛勤地成長的孩子／長大後，才不會將別人／也當作自己的玩具」（〈成長〉）、「阿爸和你們媽媽，只是一對／卑微的小人物／生活這樣辛酸而沉重／只有爭吵爭吵／醱酵一些些甜蜜」（〈不要駭怕〉）。「吾鄉」在此化入背

景，更多地被「泥土」一詞取代（1979 年吳晟便以《泥土》為書名出版詩集）。面對農村生活中常見的陽光、堆肥、清風與泥土，詩人更說：「雖然，有人不喜歡／鄉下長大的孩子／仍深深愛戀著你們」（〈愛戀〉）。吳晟在「向孩子說」系列中，儼然成為農村生活與傳統價值的捍衛者，與書寫「吾鄉印象」時的語帶批判大異其趣。

　　但作為知識份子的吳晟，批判性格並未就此消失。1978 年 9 月起在《聯合報》副刊上陸續發表的〈美國籍〉、〈你也走了〉、〈我竟忘了問起你〉、〈過客〉，詩句率皆不避直白坦露，充滿對親友手足選擇棄國而去的質疑。這些作品後來皆被詩人歸入「愚直書簡」系列，在在可見政治變局對人心之衝擊。詩人筆下「我們的土地」，成為反西化、抗移民的象徵；可惜「愚直書簡」系列詩作過於意念先行，口語有淪為口號之嫌，整體成就委實不高。且吳晟自 1984 年後，一度停止公開發表詩作。原因是由他擔任主編的前衛版《1983 台灣詩選》，1984 年 4 月發行後屢遭各式政治批判及意識形態攻擊，讓詩人黯然放下詩筆，遲至 1988 年 4 月 28 日才在《自立晚報》上發表新作〈眼淚〉。待九〇年代初期發表「再見吾鄉」系列後，吳晟迎向詩創作生涯的另一個高峰——但其已不屬本文所探討的「早期風格」了。

張系國　論壇

主持人
鄭怡庭

發表人╱題目
張系國
我的故事
——真理‧謊言‧平行世界

討論人╱題目
須文蔚
台客知音：台灣寫實主義小說
奠基者張系國
鄺國惠
呼回命運與悲劇

鄭怡庭

我的故事——真理・謊言・平行世界——張系國

美國柏克萊加州大學電腦科學博士，小說家。創作文類以小說為主。先後任教於美國康乃爾大學、伊利諾大學、伊利諾理工學院、匹茲堡大學，訓練碩士生和博士生超過兩百人，並創立知識系統學院（KSI），另創辦《幻象》雜誌。著譯除科學論文兩百九十篇、科學專著二十餘種外，另有長、短篇小說、雜文等三十九種；代表作有《棋王》、《昨日之怒》、《星雲組曲》、《夜曲》、《城》三部曲等。最新作品是科幻小說《海默》三部曲，第三部《金色世界》2017年11月出版。

一、我的故事

「我的故事」至少有兩種解釋：「我的故事」可能是關於「我」的故事，也就是自傳。「我的故事」也可能是關於我寫的「故事」，也就是我的小說創作。從這篇文章的副題看，讀者應該可以猜到我主要想談的是我的「故事」。可是談小說多少會牽扯到作者本人，所以這題目還有第三種可能的解釋：「我的故事」就是小說家和作品之間的關係，「我」為什麼要寫「故事」，「故事」如何書寫「我」。當然還可能有更多重解釋，例如「「我」的故事」、「我的「故事」」、「「我」的「故事」」等等，每添一層括弧就多一層後設的詮釋，這遊戲就玩不完了！所有的解釋都對。情人眼裡出西施。

二、說故事的人

我寫科幻小說，也寫所謂主流（什麼是主流？）的寫實小說。常有讀者問我，為什麼寫科幻小說？也常有評論家問我，為什麼寫作方向從早期的寫實小說變為後期的科幻小說？更常有讀者問我，為什麼不再寫些大家愛看的小說？（什麼是大家愛看的小說？）

對各種問題我其實只有一個答覆：小說家是說故事的人，而我只會說一個故事，一輩子就是反反覆覆重新述說這個故事。你看上去是寫實小說也好、科幻小說也好，我都是在一次次重新說這個故事。每次覺得沒說好，自己不滿意，就換個方法再說一次。

　　小說就是故事，小說家就是說故事的人。當然我們還可以給小說更複雜、更有文學內涵、或者說更偉大的定義，但是追根究柢小說就是故事。我為什麼寫小說，就是因為我喜歡聽故事和講故事。

　　我在新竹長大，小學讀竹師附小，後面就是城隍廟。所謂「後面」是從竹師附小的角度看，其實無所謂前面、後面，後面也就是前面。（在美國住久了，別的沒學會，政治正確是知道的）。城隍廟內有書攤，我每天放學就到城隍廟蹲在書攤前看「小人書」。七俠五義、小五義、泥馬渡康王、海現彩虹橋等等，都是在城隍廟書攤看的。

　　看多了，放學回家的路上就編故事講給同學聽。同學不想聽，就講給自己聽。我從小就有自言自語的習慣，現在更變本加厲。到健身中心運動，別人就跑過來問：「是不是老教授都愛自言自語？」因為我所謂運動就是手裡端杯咖啡繞圈子走路，腦子裡想事情，嘴裡念念有詞，難怪別人看了奇怪。

三、你的世界‧我的地獄

　　從中學起我就沉迷哲學，大學更醉心存在主義（或稱實存哲學），並且翻譯了一本介紹沙特存在主義哲學思想的英文書。沙特主張「存在先於本質」，強調選擇的絕對自由。我信以為真並且身體力行，卻發現自己的選擇並沒有那麼絕對。我以為我是絕對自由的，其實不然，往往所做的選擇都是類似的選擇，我的自由非常有局限性。

　　然後有一年保釣運動風雲驟起，我一頭栽進去，後來據此寫了長篇小說《昨日之怒》。保釣給我最大的震撼並不是保釣運動本身，而是事後的分裂。記得那天在院子裡除草，剛好郵差送來我們那個小社團的內部通訊。我翻開第一頁，上面寫道：「……我們中間出現了一顆大毒草，他不是別人，就是張系國……」。

　　那天不記得如何除完草，如何走回屋裡。老婆只問了一句：「你怎麼滿頭大汗？」我不知道自己滿頭大汗，只知道自己是顆大毒草。

　　不知過了幾世幾劫，有一年回台任教，剛好是「大學雜誌社」最活躍的一年，我的朋友紛紛響應蔣經國的號召大鳴大放百花齊放，其實裡面暗潮洶湧（所以搞陽謀並不是老毛的專利）。一天，王曉波的老婆打電話來，告訴我曉波和鼓應都被抓起來了，怎麼辦？我也沒有什麼辦法，帶了兩位老友的老婆孩子在外頭跑了一整天，打電話給誰都吃閉門羹。那次的經驗寫入「游子魂組曲」的〈領導者〉。

　　從那時候起我知道自己註定是流浪的大毒草，沒什麼可說的，只有閉門思過、閉門讀書。一讀書就知道自己的經驗完全沒什麼特別，古今中外多少人都經歷過！沙特的主張「存在先於本質」不能說錯，但是人的自由其實非常有限。憧憬、奮鬥、背棄、出賣、懺悔……。從耶穌和猶大起，甚至在他們之前，我們都在重覆前人做過的事，說前人說過的話，走前人走過的路，一再重覆、一再循環、永遠重覆、永遠循環……。

從沙特的存在主義，我逐漸漂向歷史決定論。

四、寫作不是請客吃飯

老毛說：「革命不是請客吃飯，不能那麼溫良恭儉讓。」寫作同樣不是請客吃飯，不是有一桌客人，菜餚立刻可以變出來。歷史決定論只是哲學的命題，不能直接變成故事。但是神童可以！後來就寫了《棋王》。

寫《棋王》時還在 IBM 工作，每天中午不吃午餐，躲在圖書館裡寫一個鐘頭，再回去上班。沒有高信疆，《棋王》根本不可能在《中國時報》連載。《棋王》連載期間，《中國時報》社長余紀忠和朋友打麻將，同桌的牌友一致說看不懂《棋王》，這種爛小說怎能登？打完牌，余紀忠就要求信疆腰斬《棋王》，幸虧信疆據理力爭。如果換了今天，不要說腰斬，恐怕第一章都無法刊完，那就是砍頭了。

《棋王》討論的就是歷史決定論。我寫的小說都和人的處境有關，圍繞著歷史決定論打轉。所以我只會說一個故事，一輩子就是反反覆覆重新述說這個故事。寫實小說不好表達，就寫科幻小說。

歷史決定論並不都是鐵板一塊。沙特強調選擇的絕對自由。如果每個選擇都是生死交關的選擇，他的主張其實是對的，因為死亡是自由的最後保證。沙特在二戰時積極參加法國抗德地下軍，這個經驗可能影響沙特把「存在」existence 和「反抗」resistence 結合在一起考慮人的選擇，但這是比較極端的人生處境。《棋王》想討論

的就是沒有那麼極端的灰色地帶。

　　當然絕不是只有寫實和科幻可寫，中間還有《沙豬傳奇》和「大器小說」。寫大器小說主要是為了紀念中華民國。那時以為馬上就要亡國，所以依照民生主義寫了食、衣、住、行、育樂五書。誰知中華民國又苟延殘喘了許多年。現在真快要亡了，就如韓信一樣死於婦人之手，反而無話可說。天何言哉？天何言哉！

五、呼回・索倫・阿根廷

　　在科幻小說裡我創造了呼回世界，自以為匠心獨運。誰知有一年去阿根廷，原意是到我最崇拜的詩人波赫士的家鄉布宜諾朝聖，無意發現在阿根廷北部有個偏遠的省份，當地土人稱為祖醉 Xuxuy，西班牙人來了改稱為 Jujuy，英文再改為 Huhui，它的漢語讀音就是呼回！你說巧不巧？

　　或許這是神的訊息，警告我不可自大，我寫呼回世界並不是我自由意志的決定。又是歷史決定論。

　　我研究呼回這阿根廷偏遠省份的歷史，發現在阿根廷獨立戰爭時，最重要的戰役之一就是在呼回打的。阿根廷獨立戰爭的經過，仿佛索倫城戰爭的縮影。對不起，說反了。索倫城戰爭的經過，仿佛阿根廷獨立戰爭的再現。但是寫《城》三部曲時，我從未去過阿根廷。

　　又不知過了幾世幾劫，我一度灰心喪志，連科幻小說也懶得寫，閒極無聊去看電影，阿根廷和西班牙、意大利聯合拍攝的警探

片〈他們眼中的秘密〉（後來好萊塢馬不知臉長又重拍過一次），居然在這部電影裡重逢久違了的呼回世界！片中的警探最後就是到了呼回才偵破全案。警探的一句話給我當頭棒喝：「一個人可以隱姓埋名放棄一切，卻放棄不了他的狂熱。」這不正是在說我嗎？於是重振旗鼓繼續寫下去。

六、真理·謊言·平行世界

這篇文章的原題是「真理·謊言·平行世界」，也就是這一節而已，後來擴充成為現在讀者看到的版本。

這半年真從川普學到不少。美國政治新聞變成真人秀的連續劇，狂人川普每天都要搞些新的花招，如果不把美國搞垮，倒是值回票價。不只是電視節目罵川普有人愛看，《紐約時報》和《華盛頓郵報》罵川普因此銷路都狂增。所以媒體罵歸罵，其實愛死川普。

我們能從川普學到什麼？太多了！從川普的言行，我深切認識到語言的力量。這不是書本上面說的，我們人云亦云，語言真有它的魔力！

川普的慣技是說謊不眨眼，例如說歐巴馬出生地不是美國。等到記者問他，他回答說：「這可是你說的，不是我說的！」第二天川普就可以公然大膽說：「報上說歐巴馬出生地不是美國。」其實記者是問他，歐巴馬出生地是不是美國？但是在川普玩弄語言之下，的確留下一長串記錄，歐巴馬出生地不是美國。讀者如果不追

查源頭，就會被他愚弄。但是誰有時間精力去追查呢？

　　川普的高級顧問康威（就是長得像巫婆的那位）首先用「另類真理」alternate truth 一詞來形容川普的謊言。換句話說，在川普的世界裡謊言就是真理，至少是另類真理。不論川普是否清楚意識到他在做什麼，他無疑是用謊言（另類真理）來構築一個平行的世界。

　　這種「真理即謊言，謊言即真理」的玩弄語言手法，以及所謂的「雙面話」doublespeak，都出自喬治歐威爾的小說《一九八四年》。2016 年美國總統大選前後《一九八四年》突然熱賣，知識分子和大學生人手一冊。所以你不能說川普沒有好的影響：本來快要垮掉的報紙又有人看了、罵川普的深夜脫口秀收視率高了、股票漲破兩萬兩千點（雖然這不全是他的功勞）。川普儘管嘴壞，好像是菩薩肉身佈施，還能怎樣？

　　從小說家的立場看，川普最重要的成就是向全世界證明只靠語言就可以創造一個平行世界。儘管川普天天說謊，他照樣有信徒。信徒們接受川普的雙面話，川普說什麼他們都信之不疑。川普魔杖一揮，平地起高樓，一個用語言創造出來的平行世界出現了。這並不是科幻小說的情節，它真真實實出現在我們眼前。這不能不令所有的小說家尤其科幻作家都信心大增。

　　如何依賴謊言（另類真理）構築一個平行世界？川普提示我們許多重要的技巧。最重要的是必須認識到「實無雙至，謊不單行」；實話越少越好，謊話越多越好。而且一個謊沒有用，必須撒

很多很多的謊，在舊的謊言被揭穿之前又撒了新的謊，讓人目不暇給。

進一步的高級謊言有其細緻結構；謊言彼此有關連，一個謊可以建築在別的謊言上面。千萬不必擔心謊言變成紙牌屋。要知道，一旦謊言可以搭成紙牌屋，多半它就倒不了。最後一點，萬一被人揭穿，不但面不改色而且死不認帳！這比厚黑學又勝一籌。

靠著這些技巧不僅可以寫科幻小說，一樣可以寫主流小說，例如張大春和我過去都使用過虛擬註解的技巧。但小說家使用這些小技巧不過是讓讀者接受一篇作品。川普卻提示我們，可以讓讀者（或是選民、死忠鐵粉、基本盤等等）接受虛擬的平行世界，甚至可以取代真實世界！換句話說，真實世界和虛擬的平行世界本質上並沒有任何不同。認識到這個，就沒有任何做不到的事情，沒有任何變不下去的魔術。

我最有興趣的是如下的問題：究竟什麼樣的平行世界在什麼樣的條件下會出現？是遵循自然的規律（絕對歷史決定論），還是受到人主體的影響（相對歷史決定論）？川普的故事，說明相對歷史決定論似乎稍佔上風。

七、十年磨一劍

《海默》三部曲總算大功告成！十月間《金色的世界》在《世界日報》開始連載。我十月二十二日回台，一方面參加第四屆全球華文作家論壇，另一方面就是打書了。

　　過去二十年，一共寫了兩組科幻小說三部曲。

　　我寫《城》三部曲費了整整十年，中間停頓了幾年，又重新出發寫《海默》三部曲。《海默》三部曲包括《多餘的世界》、《下沉的世界》、《金色的世界》三本書，費了整整八年。雖然現在讀者不多，但是文章千古事，得失寸心知，我自己十分滿意，將來會有更多讀者喜歡。

　　這兩組三部曲將來都有可能改編成電影和電視影集，道理很簡單，因為沒有作家肯做這種傻事，花費八年、十年寫不列入主流的科幻小說。可是中文科幻小說沒人看，科幻電影和影集卻有大量觀眾，將來很有可能會反過來帶動中文科幻小說的發展。

　　未來的創作計劃？

　　呼回世界的故事寫不完，至少還要再寫一部蓋文人聚居的蒙罕城的故事。另外想寫一部三代人的愛情故事，卻不是科幻。這兩本書應該都是長篇。

　　十年磨一劍，人生究竟還能再有幾個十年？自己也不知道，只好走著瞧。

台客知音：台灣寫實主義小說奠基者張系國

——須文蔚

政治大學新聞學博士，詩人，東華大學華文學系教授兼系主任，同時亦是數位文學理論家與網路作家，並任宜花（宜蘭縣及花蓮縣）數位機會中心主任、教育部「普及偏鄉數位應用計畫」推動辦公室主任、《新聞學研究》（TSCI）副主編、臺灣文學發展基金會董事。以文學傳播、傳播法律、現代詩為主要研究領域。曾獲優秀青年詩人、五四文學獎等。著有詩集《旅次》與《魔術方塊》等，學術專著《臺灣數位文學論》、《臺灣文學傳播論》等，編有報導文學作品《臺灣的臉孔》、《烹調記憶》等。

　　在台灣 1970 年的小說系譜中，張系國經常遭到錯置，他與留學生文學的接近，使他經常給歸類於存在主義或現代主義小說家。又因為他有台灣科幻小說之父的美名，因此會置於大眾文學或次文類的範疇中。在討論到 1970 年代鄉土文學論戰或寫實主義系譜時，無論是葉石濤或彭瑞金提及具有「台灣意識」與「紮根於台灣歷史和土地的作家」時，會列出：吳濁流、鍾肇政、李喬、鄭清文、東方白、廖清秀、黃春明、王禎和等作家。同樣深入台灣歷史、社會與現實議題的張系國，絕對是最大的遺珠。

　　張系國五歲時來台，在台灣成長，就讀新竹高中時，少年早慧，就開始創作與發表小說。保送就讀台灣大學電機系期間，創作不輟，1963 年獲得林海音賞識，小說、散文常見於《聯合報》副刊，同年自費出版第一本作品《皮牧師正傳》就目擊一個台灣小鎮的變遷，從鄉土小人物身上，寫出現實社會中掙扎浮沉的眾生相。在 1970 年代，他接連出版了《地》（1970）、《棋王》（1975）、《香蕉船》（1976）、《昨日之怒》（1978）與《黃河之水》（1979）等小說，主題環繞在「台客」面對政治、經貿、移民與保釣運動上，各種現實議題的暴露與紀錄，展現出他貼近社會人間的細膩觀察，其中《棋王》更獲選為「世紀百強」小說，可見他的寫實功力，在兩岸三地的評論界中，受到肯定。

　　張系國在 2016 年提及「台客」一詞，顯然將自己列於其中。他認為：

所謂的台客就是具備質樸爽快、純真可愛、聰明伶俐、腦筋靈活、隨機應變、山不轉路轉、兵來將擋水來土淹、自行動手解決問題的行事風格的人。他可能是台灣的本省人，也可能是台灣的外省人或外省第二代，又可能是生長在台灣卻在外地或中國大陸旅居生活的人。

畢竟台灣是少年張系國成長創作的原鄉，更是他寫實作品關心的對象，他曾說過：「我夢寐所思的，便是那片土地。每時每刻，我每一個細胞都呼喚著要回去。」這是他的台灣情，不應當因為籍貫或留美的經驗，而遭到忽視。

以張系國最受矚目的《棋王》為例，何欣教授就點出此書在1970 年代寫實系譜中的先鋒地位：「張系國是第一個對於時代下的拜金主義的有力諷刺者，給予那些急功近利、唯利是圖的新台北人有力的一擊。」然而對照張系國最近出版《帝國和台客》中的評價，台客文化不是全然陰暗的，其「彈性求存」的文化，正是一大優點與特色。他更強調台客有情有義，來自中國民間的傳統，更源於海盜的生存之道，重情義，總是不會計較身段和面子的，會以智慧、彈性與變通活下去。張系國說：「絕無負面批評的意思，事實上彈性求存的台客文化正可表現台客的充沛活力。」也正因為透析了台客文化，張系國以寫實小說的書寫，展現了他作為鄉土作家的心意。

和現代文學中的「鄉土文學」傳統一樣，張系國在 1970 年代

寫作正是遠離故土，在回憶中記錄故鄉。魯迅在《中國新文學大系‧小說二集‧序》中指出：「……凡在北京用筆寫出他的胸臆的人們，無論他自稱用主觀或客觀，其實往往是鄉土文學，從北京這方面說，則是僑寓文學的作者。」又說，鄉土文學作家的作品大都是「回憶故鄉的」「因此也只見隱現著鄉愁」。張系國 1966 年負笈美國，他絕大多數的寫實小說都在異鄉書寫，主體都反映著台灣鄉土的思念、批判工業社會所帶來的人際疏離、點出台客彈性求存的價值觀蛻變，一反過去寫實寫主義暴露黑暗的傳統，努力為台灣人在島嶼上尋找一個「安居」的處所。

評論家多看見張系國《棋王》中，1970 年代台北經濟發展下，媒體人、學者、藝術家與商界急遽「異化」的惡形惡狀，但張系國讓神童失常，破壞了資本社會的邏輯，讓台客有機會追尋自我與自由，才是這部經典在台灣 1970 年代寫實小說中獨樹一幟的地方。《昨日之怒》則寫出一群台客遠離家鄉，但關切台灣面對釣魚台事件時，掙扎衝突的家國情懷，主人翁葛日新不願意在美國就業，寧當小販，一直想望著回台生活，方才「問心無愧的生活」，另一個主角施平連一張購物卡都不願申請，因為他不願在美國有安定生根的感覺，而在鄉土意識中，面對台灣與國際政治的紛擾。《黃河之水》中諷刺台灣面臨經濟危機衝擊下，農村凋弊、選舉舞弊和政商勾結的各種醜態，主角詹樹仁在台北屢屢回望南方小鎮，悲觀中點出所有台客在兩百年之後會面對的問題，故鄉不是偏安的歇腳盦，縱令工業化與現代化接連的摧殘，原鄉絕對是遊子身心安頓的原

鄉。

　　鄉土文學作家因為批判與反骨，政治迫害自然接踵而至，在台灣文化界緬懷 1960 到 1980 年代白色恐怖下黑名單中的菁英中，參與保釣運動而無法返鄉的林孝信、張系國、劉大任與鄭愁予，他們流離與遭放逐的故事，還鮮少受到木地知識界的重視，自當透過論述而加以調整。台灣文化與文學圈意識形態運作下，誠如張系國的懷疑：台客文化的「彈性求存」是否逐漸喪失它的力道？恐怕會嚴重危及台灣核心的競爭力。不過，張系國寫實小說系列的書寫，已經為台灣珍貴的台客文化留下歷史，也已經以鄉土小說重建了台灣歷史。

　　學者劉秀美以「守望者」來描述張系國，應當是十足貼切的發現。她引用《昨日之怒》中施平返鄉時的自我期許，縱令小鎮變遷，人事全非，他仍然想永遠做一個「守望者」，也相信：「我仍然愛那個地方，我仍然愛那些人⋯⋯至少我有權利做一個守望者。」這是張系國作為「台客知音」有情有義的心志，他長期不停歇的寫實與科幻的努力，把台灣過去威權政治和如今政治惡鬥下，遭到隱蔽的台客文化與光明，一一錄下，應當是解讀張系國的重要轉折與思考。

呼回命運與悲劇——鄺國惠

香港中文大學學士榮譽學位，作家、記者、小說及油畫創作人。作品〈看樓〉獲收錄於《香港短篇小說選：1998-1999》；〈青花碗〉獲「第二屆兩岸三地短小說大賽」優秀獎。著作有長篇小說《普洱茶》（「第一屆天地長篇小說創作獎」亞軍）、《消失了樹》、《雲的理由》；短篇小說集《新聞在另一端》。

　　我是張系國老師的粉絲，學生時代就喜歡他的小說，希望值這機會與大家分享一下讀後感。他的小說有一份徒勞的淒美與浪漫，今天想談談我對這獨特情調一點小小的看法。

　　回想當年閱讀經驗，腦際悠然生起「悲劇」、「命運」這些概念。古希臘悲劇說命運，故事中人物在不可知的命運中掙扎，而高潮往往就在發現自身命運不可逆轉的一瞬，這光景，悲壯之中也有錯愕。不過，張系國的悲劇卻把結局事先張揚，一早就告訴了大家，沒有發現，沒有轉折，死胡同式的宿命。同樣說命運，張系國自有他的一套。

　　呼回世界歷史，建構於張系國數本膾炙人口的小說：《銅像城》、《傾城之戀》、《五玉碟》、《龍城飛將》、《一羽毛》等，以連環小說的形式組成一首長篇史詩，記載了呼回民族的興亡。小說還以旅遊書、學術研究做包裝，以註釋、附錄的形式，補充大量呼回世界的資料，讓小讀者如我讀來疑幻疑真。

　　張系國這樣做不單要搭建一個虛構的文明，更要寫命運，這就體現於小說中一個很有趣的概念：「全史觀」。在他的科幻世界中，時間甬道已發明了出來，於是，在時間軸之上往返來回，到不屬於自己的時代去旅遊觀光，是平常不過的假日娛樂。在時間甬道中暢遊，唯一限制是不能到未來去。在這個世界中，出現了一班全史學生，各自回到不同的歷史場景中去研究。對於被訪的歷史人物來說，來訪的學生便是一個個「先知」，早已掌握了當地人的命運結局。人可來往，但史實不能改，也不會改，於是就有「全史觀」

的出現：全史不能錯！

　　小說中每個角色，都在這「全史」處境中登場，各自為其理想、為心中愛與惡而營役，去奔波。他們不是不知有所謂的「全史」，但都希冀在其有限的生命中，創造一段小歷史，製造一段合自己意的小插曲；到底「全史」中有沒有意外呢？

　　戚姑娘明白于進心有所屬，卻仍一往情深；當地詩歌預示著索倫城終會陷落，但她卻三番四次為復興義舉奔走。

　　于進一心為妻報仇，卻又明知人死不能復生。

　　閃族隊長麥唐納，明知呼回人不會接受自己，卻仍冀望打破星族仇恨；他為閃族帝國執行任務，卻明知帝國已把自己當作活死人，連墓碑上的銅牌老早都鑄好了，為國捐軀的命運已被決定了。

　　馬上英雄施大將軍，失了雙足仍力為索倫城而戰，每次出場軍隊士兵都高呼「大…將…軍…」，這種架勢在故事開端是震天氣魄，然而後來大家都明知將會失敗，這都變作了沉痛輓歌。

　　這種「不可為而為之」的執念，驅使小說所有人物一步步走向毀滅，就如小說中被描寫為愚蠢的海蝤那樣——

　　　　「究竟海蝤是厭世自殺，還是真正預知自己的死期？如果是
　　　　厭世自殺，那麼海蝤顯然思索過生命的意義，如果海蝤能預
　　　　知自己的死期，也必然具有某種異能或者特殊智慧。」
　　　（《一羽毛》，頁83）

　　愚蠢也好，智慧也好，在預知死期的躁動中，眾人物還遇到一些掌握「全史」的角色。史官阿彳ㄨㄟ是照顧戚姑娘的異人，全史學生梅心更是未來人。他們既是復興行動的旁觀者，也是半個參與者；他們既不能協助當事人修改「全史」，卻也屢有踩界洩露天機的時候。復興功敗垂成，不單讓這些「全史人」欷歔，他們更由於掌握「全史」，成為呼回革命義士的輔導員，諮詢顧問。一如我們凡人求神問卜，普通人把這些「全史人」當作窺探命運的一孔鎖鑰，渴望從他口中得知自己的下場，索倫下場是否真的沒落。

　　在張系國的小說世界中，命運是一個外在於個人的他者，一種客觀存在。小說中，時間甬道不知因為甚麼人、甚麼原因而崩壞失修，「全史」一度出現可能被改變的機會；但是時間甬道後來又復修好了，於是「全史」還是不能改。在這失修與復修的工程中，主體是隱沒的，不清楚的。史官阿彳ㄨㄟ這樣對戚姑娘說：

> 「全史似乎是錯了，現在又修正回來。也許，我們每一代都自以為掌握住歷史，但每一代又都不斷在改寫歷史。歷史的必然，祇有在被另一種歷史的必然所取代之後，才變得不再必然。」（《一羽毛》，頁 184）

　　從故事情節展現出來的是，「全史」畢竟改不了。兜兜轉轉，以為在命運的鐵板上打開了一綻缺口，卻終歸徒勞。面對著事先張揚的結局，戚姑娘所能掌握的是一個篤念：沒有永遠的滅亡，一切

存在的東西都永遠存在著。這並不是歷史，而是一份存在感。

　　小說還有另一層面的「全史」，就是作品與讀者之間的關係。張系國這一系列小說本身，正正就是以「全史」的格局與讀者見面，呼回民族的終局早已寫在《星雲組曲》中。《銅像城》說明呼回文明會崩潰，索倫城只剩一片焦土；《傾城之戀》也宣示了一眾角色人物的下場，在復興索倫城的運動中，將隨著城陷而灰飛煙滅，而《城》三部曲其實就是描寫這當中的過程。《星雲組曲》於1970年出版，《城》三部曲前後成書於八十年代中後期，最後一本《一羽毛》於1991年付梓。

　　這組小說獨特的結構，就是引人入勝之處。讀者孜孜追讀這組連環小說，作者多次說「欲知後事如何」，答案並非昭然若揭，而是早已公告天下！十年前結局已揭曉，一切都明明白白，但一眾讀者如我，十年以來卻依然俯伏書頁上，與人物角色一起希冀，一起憧憬，想著有沒有或者、如果。

　　這並非簡單的倒敘敘事方式。當情節與「全史」觀點交替出現時，命運對角色人物的牽引，也投射到讀者身上，令讀者也成為了局中人。誰不受著命運的撥弄？！在掩卷的一刻，讀者也悠然想起自己人生中的麥隊長，或者索倫城。

　　張系國的歷史浪漫情懷，不單只端賴科幻虛擬世界所完成，也是這個小說組群本身所設定。

徐則臣　論壇

主持人
　石曉楓

發表人／題目
　徐則臣
　　城市作為主人公

討論人／題目
　郝譽翔
　　城市・鄉村・全球化：
　　徐則臣小說中的三位一體
　房　偉
　　那個居住在王城裏的東海男人

石曉楓

城市作為主人公——徐則臣

北京大學文學碩士，人民文學雜誌社編輯部主任。曾獲華語文學傳媒大獎、年度最具潛力新人獎、莊重文文學獎、華語文學傳媒大獎、年度小說家獎、馮牧文學獎。短篇小說〈如果大雪封門〉獲魯迅文學獎；長篇小說《耶路撒冷》被評為《亞洲周刊》2014年度十大小說第一名，獲第五屆老舍文學獎、第六屆香港「紅樓夢獎」決審團獎。作品被翻譯成德、英、日、韓、義、蒙、荷、俄、西等十餘種語言。著有《耶路撒冷》、《王城如海》、《跑步穿過中關村》、《青雲口》等。

　　2009 年法蘭克福書展，小說《跑步穿過中關村》德文版（譯為《跑步穿過北京》）首發式上，一位德國記者問我，中國當代文學有著強大的鄉土文學傳統，現在雄踞文壇的五十年代出生的作家，基本上都是鄉土文學的好手，我一個村裡長大的作家，不在前輩作家和主流文學傳統裡順勢而為，為什麼偏要費力不討好去寫城市。我說，正因為那些 50 後的巨無霸們把鄉土文學寫得足夠好，所以我才轉而去寫城市，一張白紙好畫畫，做一個新的時期寫城市的先驅，就算犧牲掉了也挺好。我也就順嘴一說，說完了把自己都嚇了一跳，不是被先驅和烈士嚇著了，而是被突如其來的要以城市文學為志業的想法驚住了。雖然從 2003 年就有意識地開始關於北京這座城市的書寫，但的確從未想過，來一個急轉彎，把自己擰到這條道上。

　　2009 年已經是我生活在北京的第七個年頭，一座現代、後現代的大都市是我的日常生活，但相對於我念大學之前結結實實的十八年鄉村經驗，七年只是個零頭，北京也只能算是個陌生的異鄉。我對「郵票大小」的故鄉如此瞭解，坐在北京的樓上扭個頭面朝南，我都能聞到大風刮過來的那片泥土的氣息；在車水馬龍的北京大街上穿行，我也能準確地從鼎沸的人聲裡一把抓住某個老鄉的耳語，那像接頭暗號一樣的方言。我熟悉五穀雜糧的節令，插秧、割麥、種菜、播種，閉上眼，作為一個曾經的小農民的細節歷歷在目；我可以熟練操作全套的牛把式，從馴牛、套車、耕地、拉車，到根據牛哞的聲音來判斷它的心情和身體狀況。我知道天命之年的農民在

他狹窄低矮的生活裡為什麼一大早起來就歎息，我也明白一個農家子弟坐在課堂上走神的時候通常在想些什麼。但是，那又如何，當我面對一個德國記者談起中國的城市文學時，我篤定地為自己說出了方向，或者說，我尖銳地為自己指明了方向：一支筆，向著城市去。

德國記者的提醒是善意的，這不是一條康莊大道。城市文學在當代中國文學中向來邊緣，在革命現實主義和社會主義現實主義大行其道的那些年，幾乎從文壇上絕跡。新時期以降，破繭而出的城市文學也多為點綴，主體類型依然是現實主義的鄉土文學。把當代文學史看成一部鄉土文學史基本上不為過。50 後的巨無霸們到今天依然是中國文學的中流砥柱，他們的稿紙上升騰起的是一片熟悉的土腥氣和青草味。前人栽樹，後人乘涼，跟在他們的傳統裡往前走肯定最穩妥。但寫作不是投保，要的恰恰就是冒險，從大路上岔開去，篳路藍縷，走出自己的那條道，歪歪扭扭它也是自己的兩隻腳踩出來的。此其一。

其二，從法蘭克福回來，我認真檢點一番，發現就算有十八年的鄉村生活做底子，我也沒那個自信，一定就能以小說的形式把一個真實的鄉土中國有效地表現出來。我甚至確信，我，乃至我們這一代以及下一代更年輕的作家，都不會比 50 後的前輩作家做得更好，也許以後永遠不會再出現能把鄉土中國寫得像 50 後那麼好的作家了。我們與生俱來地就錯過了一個純正的鄉土中國。在我們還沒來得及、也永遠沒機會和可能把血脈紮進鄉土中國時，它已經開

始式微、潰散，變得面目全非。構成鄉土社會的那些最本質、最堅實的要素，一去不復返了：人與土地的關係、鄉村穩定的心理和倫理結構、傳統鄉村成熟有效的自我運行機制，隨著中國的城市化進程的狂飆突進，隨著民工潮颶風一樣席捲整個鄉村，隨著鄉村土地大面積的流轉，所謂的那個「鄉土」已經不在了。鄉土中國正在迅速被現代中國取代，當「新農村建設」把農民們都趕進了公寓和商品房，「新」是有了，「農村」沒了。

也許有人會說，鄉土文學並不等於鄉村文學，那麼好，單看「鄉」和「土」。中國大概是世界上最大的移民國家，不過並非在邊境內外移，而是在國門裡面移來移去，村裡移到了鎮上，鎮上移到了縣城，縣城移到地級市，地級市移進省城，省城移到首都，移到北上廣──「鄉」變了，「土」肯定也丟了，頂多剩下點田園牧歌和葉落歸根的懷想。移民的第二代，回老家基本上連祖墳在哪裡都找不到了。從這個意義上說，鄉村文學不在了，鄉土文學也挺不了多久。

50 後和 60 後的一些作家，趕上了渙散前的鄉土。在他們的人生改弦易轍之前，一個穩定的、典型的鄉土依然紮根在了他們的靈魂裡。儘管他們跟我們一樣，也在見證著一個鄉土中國的消亡，但留在他們前半生裡的那個豐富完整的鄉村中國，足以支撐他們可靠地完成接下來的鄉土文學書寫，對前現代的鄉土中國的回憶，和現代的鄉土中國的描述和想像。鄉土充分地浸潤了他們，浸透了他們。所以，很多 50 後作家即使後半輩子一直生活在燈紅酒綠、高

櫛林立的大都市，一提筆還是得回到村口的那個大槐樹下，回到操著最正宗的方言、有著錯綜複雜的人際關係的街坊鄰居中去。對城市來說，他們「在而不在」；對鄉村來說，他們「不在而在」，就算他們洗乾淨腿上的泥巴後再也沒回過老家。靈魂的根據地沒幾個人有能力同時擁有兩個。

我沒趕上，我們都沒趕上。我們也待足了十八年，我們也有了足夠的鄉村現場經驗，但十八年之後同樣有效的時間裡，後續的補足、浸潤和沉澱沒有跟上──不可能跟上，我們趕上了一個鄉土中國的大變局，其實十八年中的相當一部分已經處在了變局裡，鄉土沒有來得及在我們的內心深處紮下根來。我相信一個作家與所要表達之物之間存在一種相互浸透的關係，只有相互佔有了對方，才會不吐不快，才能呼風喚雨如有神助。我們之於純粹的鄉土精神，只夠煮成一鍋夾生飯。

這麼說肯定招致疑問，那麼年輕作家就再不能寫出優秀的鄉土文學了？當然可以，但寫出的，只能是鄉土精神渙散下，變動中的事關鄉土的文學，或者說，也許只能是式微乃至消失的鄉土背景下的局部和角落而已。也會真實精彩，但註定是一曲挽歌，作為一種自足的鄉土精神正江河日下。

如果這個理由也能成立，就意味著，我們如何努力都不可能「繼往」，「繼」到 50 後作家創造出的也許是鄉土文學的峰值的那個「往」，那莫如「開來」，披荊斬棘或許能走出一條自己的路。事實上，對我來說，也只有這一條路可走。從 2003 年開始，

沒有任何刻意和暗示，我的興趣自然地就從「故鄉」的那個系列逐漸淡下來。故鄉離我越來越遠，而北京是我的日常生活，日漸繁多的現實問題每天劈面而來，這些問題大多只在該城市的語境中談論方能有效。很多歐美的同行都羨慕中國作家，現實如此複雜，每天報頭上那麼多匪夷所思的新聞，照實錄下來就是一篇篇好小說，哪還需要挖空心思去虛構。他們從來沒想過，過日子諸事纏身，那感覺其實也不好受。我想強調的是，城市生活和城市本身，越來越成為我們不得不面對的重大問題。我的寫作開始往城市方向轉移。

順其自然寫北京。如果我碰巧生活在另外一個城市，比如上海、廣州、南京、重慶，我筆下的城市可能就是上海、廣州、南京或者重慶了。因為它們就是我的日常生活，是我每天需要面對的問題，我面對的問題，也是我的寫作必須面對的問題。從中篇小說〈啊，北京〉開始，連續寫了〈我們在北京相遇〉、〈三人行〉後，我才發現邊緣人對表現這座城市而言，是一個極為有效地路徑。〈啊，北京〉寫到偽證製造者，完全是因為我熟悉這些人，他們沒打招呼就直接走進了我的小說。後來我開始有意識地寫他們，因為他們從外省來，因為他們生活在陽光與陰影之間，他們如影隨形的身份認同和心理認同焦慮，對於考察一座極具意識形態色彩的現代化都市，實在是太有標本的意義了。在城市化進程如火如荼的二十一世紀初葉，還有比一群特殊的外地年輕人來到中國的首都更意味深長的故事嗎？當然，我只是用這樣的大帽子來鼓勵自己，以便在這個題材上深度掘進。我知道接下來該幹什麼了，於是寫了

《跑步穿過中關村》。

　　一群人在這個城市活起來。一座城市也在這群人的眼中活起來。我的想法越來越多。我不僅想看看北京這個城市對這群人意味著什麼，它對所有的中國人意味著什麼，即城市與人的關係；它的現代乃至後現代，跟其他的現代城市以及前現代的遼闊鄉野和正經由前現代蛻變為現代的中國的任何一處所在，是什麼關係；以及，在全球化背景下，它跟這個完整的世界是什麼關係。我開始在小說中引入更多元和異質的視角，比如「海歸」的視角、海外華人的視角、純粹外國人的視角，看這座城市不同的眼光中各有什麼模樣。兼聽則明，偏聽則暗，一座城市的複雜性正在於它身處眾多的關係中，這些相互印證或反駁的關係共同辯證地逼近了這座城市的真相。這是一個橫向的考量。還有一個縱向的坐標，那就是這座城市自己的歷史與演進，它的源遠流長的過去如何奠基和參與進了它的今天。在《耶路撒冷》裡我花了很多筆墨寫北京，我覺得遠遠不夠。我需要一個更加集中的故事來探討這座城市，在這個故事裡，可不可以把城市本身作為主人公呢？過去，城市只是人物活動的背景，現在把城市也推到前臺來，會如何？如何推？我也不知道，我只是嘗試，就有了長篇小說《王城如海》。

　　蘇東坡詩云：惟有王城最堪隱，萬人如海一身藏。幾個來自外省的年輕人，做保姆的、送快遞、大學剛畢業的蟻族；一個海歸的先鋒戲劇導演，決意在北京重新使用現實主義；一個專治大都市研究的華人教授；一個若干年前與這座偉大的城市發生過關係的被侮

辱與被損害者；一隻來自印度的魔幻現實主義小猴子；還有生活在這個龐大固埃般的城市各個角落的各色人等，他們相遇在北京。他們每一個人都是這座城市的鏡子，當這些人物站在了一起，他們一起反射出了這部小說中真正的主人公：作為城市的北京。一個複雜的、現代化的、流動的、全球化的、古老而又全新的首都北京。

這十幾年我一直在做這件事。我知道最終看不清這座城市——你永遠不會真正看清楚一座城市；但我努力睜大眼去看。為了看清楚它，我看它的歷史和現實，我還望天打卦預測它的未來；為了看明白我身在其中的北京，我盡力走訪世界上那些著名的大都市，田野調查的方式，加上閱讀，看唐‧德里羅、E.L.多克托羅、保羅‧奧斯特如何寫紐約，看索爾‧貝婁如何寫芝加哥，看狄更斯、扎迪‧史密斯和《倫敦傳》如何寫倫敦，看帕慕克如何寫伊斯坦布爾，看富恩特斯如何寫墨西哥城，看加西亞‧馬爾克斯如何寫波哥大，看巴爾加斯‧略薩如何寫利馬，看波拉尼奧如何寫聖地亞哥，看海明威和莫迪亞諾如何寫巴黎，看喬伊斯如何寫都柏林，看薩拉馬戈如何寫里斯本，看阿摩司‧奧茲如何寫耶路撒冷，看陀思妥耶夫斯基和安‧別雷如何寫聖彼得堡，看卡爾維諾如何寫「看不見的城市」。這個名單可以一直列下去。

對城市下手，早已經不是題材問題。盯著北京不放，並非因為我在這條道上走出了一小截，半途而廢心有不甘，也不是因為我在這座城市生存日久，耳鬢廝磨整出了感情，而是它已然成為我看待世界的立場和出發點，它是我的世界和世界觀的極為重要的一部

分。這個偉大的中轉站，我必須經由它才能順利地看取、思考和想像一個完整的世界。

城市‧鄉村‧全球化：徐則臣小說中的三位一體

—— 郝譽翔

臺灣大學中文博士，作家，臺北教育大學語創系教授。以中國古典戲曲、儀式戲劇、現代文學為主要研究領域，近年尤其致力於現當代女性作家及現當代小說史研究。擅於理解文本的敘事美學及其中的性別、家國議題，近年更開展至自然書寫、海洋書寫等研究範疇。曾獲金鼎獎、中山文藝創作獎、聯合文學小說新人獎等獎項。著有學術專著《大虛構時代——當代臺灣文學光譜》、《情慾世紀末——當代臺灣女性小說論》等；散文集《溫泉洗去我們的憂傷：追憶逝水空間》、《回來以後》等；小說《逆旅》、《幽冥物語》、《那年夏天，最寧靜的海》等；電影劇本《松鼠自殺事件》。

　　在徐則臣備受讚譽的小說《耶路撒冷》之中，他塑造了一個從小就一心夢想著要到耶路撒冷去的主角初平陽，而耶路撒冷其實就形同是這個世界的代名詞，到耶路撒冷去，也就是要「到世界去」。

　　這種「到世界去」的焦慮（或是渴望）幾乎貫穿了整本《耶路撒冷》中的所有人物。在小說中徐則臣透過了初平陽之手，在專欄文章〈到世界去〉中寫了以下的這幾句話：「到世界去。必須到世界去。如果誰家的年輕人整天無所事事地在村頭晃盪，他會看見無數的白眼，家人都得跟著為他羞愧。因為世界早已經動起來，『到世界去』已然成了年輕人生活的常態，最沒用的男人才守著炕沿兒過日子。」

　　離家出走，到世界去，於是成了中國「七〇後」這一代青年必然要面對的宿命。不管是從農村走到城市，或從國內走到國外，都彷彿是要走得越遠，越好。

　　然而來到了這本《王城如海》，徐則臣坦承自己不一樣了，從一個「七〇後」青年世代的代言人，如今卻「從未如此深刻地意識到自己正大踏步地走進我的中年生活」。而這一次，原本一心想要「到世界去」青年已然進入中年，而他不再選擇出走，反倒是轉過身來回歸，在《王城如海》這本小說中成了一個「海歸」的中年人余松坡。然而他的歸來，也並不是回到自己南方的故鄉，而是落腳在北京這座「王城」之中，深刻地扎根於茫茫的人海。

　　北京，於是成了徐則臣的「回心」（借用竹內好評魯迅之語）

之軸。他這一路寫來，筆下的人物不論是出走或是回歸，終究都離不開這一座古老的中國皇城。出生成長於南方的徐則臣，應該算得上是離鄉北漂的隊伍之中的一員，如今卻成了當代北京最佳的書寫者。他的非在地與異鄉人邊緣身份，反倒才能更精準地道出了北京城市之所以在中國獨樹一幟，充滿活力的特質。《王城如海》中，他是如此描述北京不同於世界上其他大城市如巴黎、倫敦、紐約，甚至上海的真相，就在於「你無法把北京從一個鄉土中國的版圖中摳出來獨立考察，北京是個被更廣大的鄉村和野地包圍著的北京，儘管現在中國的城市化像打了雞血一路狂奔。」

換言之，徐則臣道出了中國城市與鄉村切割不開的關連，他們彼此之間千絲萬縷，如果避開鄉村不談，那麼只能看到北京消費現代性的「浮華」表象罷了，但是真正在推動這座城市不斷向前運轉著、呼吸著的，卻還有「一個更深廣的、沈默地運行著的部分，那才是這個城市的基座。一個鄉土的基座。」鄉村，才是北京底層真正的脈搏與心跳。

於是從《跑步穿過中關村》、《耶路撒冷》，到如今的這本《王城如海》，徐則臣一而再、再而三地刻畫有著「鄉土的基座」的北京王城，而且不只如此，他還試圖把這座王城放在全球化的座標之中，看它如何輻射出來一個世界的網絡。徐則臣始終沒有把北京當成一個獨立的存在，它更像是中國的一顆心臟，因為連結著無數的血管肌肉，所以才能勃勃地跳動著。

徐則臣如此獨特的城市視角，讓中國的鄉村、城市和全球化這

三方都獲得了平等的位階，其中沒有誰高、誰低的問題，只有彼此之間的交錯對話，良性的相互生發。所以徐則臣寫「京漂」，寫「海歸」，不管是哪一種人物，都有「一個鄉土的基座」做為養分，好為他們的生活打上底色，而那裡是生命的真正根源。隨著他們漂流回歸的足跡，這些養分又被灌注入了北京這一座浩瀚大城，從而豐富了北京的面貌和可能性。

　　徐則臣又特別強調人在城市中扮演的重要性。《王城如海》中說，北京「受這個城市人口構成的複雜性制約：他們的階級、階層分布，教育背景，文化差異，他們千差萬別的來路與去路。」而這些人物繁複出身背景、情感記憶，乃至愛與恨，遂為腳底下的這一座城市托起不可限量的深度。所以徐則臣最善書寫不同階級、不同出身的城市族群，《王城如海》中雖以海歸學者、劇場導演余松坡為主線，但從他的身上牽連出的各色人物：保母、大學生、司機、快遞員、農工乃至孩子等等，面貌之多元，真正是讓人感到「萬人如海一身藏」。

　　如此描寫庶民百姓的功力，可能要歸因於徐則臣特殊的成長背景。他雖然是北京大學中文系畢業的高材生，下筆總是充滿知識份子的濃郁氣息，但他卻是出生在南方農村，童年曾經放過牛，是真正從生活和土地中走出來的作家。從鄉村到城市，從農民到知識份子，兩種看似衝突矛盾的背景，卻在徐則臣的身上巧妙地互為表裡，融合為一，宛如是複調的生命，也宛如是一則以鄉村為基座的北京城市，最完美的隱喻。

　　也因此當許多評論者指出徐則臣從《耶路撒冷》到《王城如海》的變化時，我看到的卻是他不變，在小說中始終呈現出來的一致關懷。《王城如海》在篇幅可能不及《耶路撒冷》宏闊，但卻顯露出人到中年的徐則臣，對於北京乃至全球化課題更為深邃的認識。他把北京城市當成了故事的培養皿，從各地隨風蕩漾飄來的種籽，於此落了地，生根，發芽，就長成了千姿百態的茂盛叢林。而這就是當代中國的寓言和縮影。

　　我也驚訝徐則臣對於北京城中光怪陸離的萬般人馬、男男女女，從販夫走卒到知識份子皆有如此精準的掌握。就像擁有了千面幻術似的，徐則臣總是不甘心於以一種聲音出現在小說中。他不斷鋪陳出萬花筒般的敘事視角，甚至是不同文體的彼此交錯，從專欄、劇本到小說，繼之又拉高角度，對於故事的全局賦予一種知識份子式的批判與反省。所以他的小說再怎麼好看，終歸到底還是智性的，這應當是閱讀徐則臣小說時最大的愉悅和快樂。他提出問題，但不給答案，他總是要讀者和他一起思考著，紙上這些人物的命運將要何去何從？甚至在他們的身上照見了自己也隱約意識到，卻無暇又無力去思索的，身為一個當代城市人的盲點與困境。

那個居住在王城裏的東海男人——房偉

山東師範大學文學博士，作家，蘇州大學文學院教授，中國現代文學館首屆客座研究員。曾獲國家優秀博士學位論文提名獎，劉勰文藝理論獎，紫金山文學獎，中國金鷹獎藝術論文獎等。於《文學評論》、《中國現代文學研究叢刊》等學術刊物發表論文百餘篇，多次被《新華文摘》、《人大複印資料》等轉載，並於《十月》、《花城》、《當代》等發表長中短小說數十篇，小說多次被《小說選刊》、《小說月報》等轉載，併入選 2016 年度中國小說排行榜。出版學術專著有《王小波傳》等六部；並著有長篇小說《英雄時代》等。

　　徐則臣是我熟悉的朋友。2012 年，我們一起參加了中國作協代表團赴台的系列活動。在美麗的寶島，我們交流甚多，那時他的代表作《耶路撒冷》剛寫完。我也非常喜歡當時他在台灣圖書館的發言，簡潔、清晰，又有著準確地表現力。然而，我們之間更早的友誼，可以追述到很多次「喝酒」經歷。我的印象裏，則臣通常喝得比較少。他是一個很少放縱自己的人。他更多是傾聽我們的談話，然而觀察我們撒酒瘋的「喧囂」。然而，他偶爾插言，卻往往一語中的，引起大家諸多思考。

　　由此，我也想到了他的小說。這個溫文爾雅的文學青年，身上總蘊含著非凡的才華，巨大的訴說衝動，及對總體性把握時代的文學野心。可以說，則臣在氣質上可能更近乎一個時代冷靜、敏銳卻悲憫的觀察者。他被大陸文壇稱為「七〇後作家的翹楚」，並非偶然，而是因為他的身上，有著同時代作家少見的文學氣質與能力。

　　則臣是江蘇的東海人。東海人非常奇特，他們的經濟很發達，又和山東接壤。他們既有著南方的細膩，也有北方人的直率爽直。這也使得則臣的小說，有著多種形態的樣貌。他身上有「好孩子」的謙虛和學習能力。他熟悉前輩的文學資產，無論現實主義的批判，理想主義的啟蒙信仰，還是宏大總體性地表現時代的「大想法」。他總能忠實地將之繼承並發揚光大。我們通常說，作家代際之間，有鮮明標誌，徐則臣身上，這一點非常鮮明，又非常模糊。說它鮮明，是因為他恰如其分地表現了我們這個世代青年人的真實感受，情感狀態和思維躍升力；說它模糊，則是因為徐則臣更能很

好地與文學前輩溝通。他的文學主題、藝術手法和哲學思考,有著世代之間的共鳴性,這也為他贏得各個年齡層面的廣泛讀者。

但是,則臣又是一個「壞孩子」,他身上有一股小鎮青年的執著和真誠,有著和時代「掰手腕」的執拗。大時代和大都市始終作為一種張力結構,存在於他敘事的另一端。他的小說通常有兩類,一類講述鄉土成長故事,比如,中篇小說《蒼聲》,另一類是大都市的故事,比如,《王城如海》。那些大都市的小說之中,鄉土總做為重要的價值判斷,形成與大都市的激烈「互文」關係。他想做一個大都市紀錄者,但從沒有忘記批判它的嚴重問題,指摘它的文明病,繼而積極探索新的出路。這種寫作姿態,其實也非常「中國」。因為它忠實地再現了一個體量巨大,人口眾多的農業結構國家轉型到現代國家的過程。而這個過程,恰又是發生在全球化一體化,後現代影響甚囂塵上的今天。可以說,則臣對鄉土價值的思考,絕不是哀悼或反現代的道德姿態,而恰表現了他對當下中國與世界關係的獨特思考。

他的文學教養表現在他是一個文學修養很高,溫和謙虛,但堅持自我的作家。其實,在我看來,徐則臣並不同於大部分的七〇後作家。大陸七〇後一代作家,一個最大問題,就是被先鋒作家和現代主義影響太深。我們這一代人,都是讀著西方和中國的現代主義小說成長的,因此,筆下總不能突破現代主義的影響焦慮。我們二三十歲的時候,進行都市或鄉土題材創作,都往往無形地落入了這個桎梏。這個套子的好處是,讓我們在現有文學體制之內,找到了

更細膩和準確表達人性複雜的方式，問題也在於，這個過程之中，我們失去了表達更廣闊真實的世界的能力，喪失了歷史深度，及總體性寓言的文學魅力。於是，五〇、六〇年代出生的先鋒作家，可以說是新時期的「第一代」現代主義者，七〇、八〇後作家則是第二代現代主義者。但是，在消費文化擠壓之下，「第二代」的現代主義，很多已變形為專門描寫都市男女情感出軌的，千奇百怪的各類「劈腿」故事。幸好，我們還有則臣，能讓我們在各類劈腿故事，家庭瑣事記錄薄的陳詞濫調之中，浮出水面，思考更為深刻的東西。

最後，還想和大家聊聊則臣的新作《王城如海》。一個千萬人口級別的大都市，一個世界性大國的首都，它走向現代的故事，非常豐富複雜。則臣是一個有能力用文字把握這個轉變的優秀作家。小說寫了一個海歸戲劇導演的生活，明線是他反映現實的戲劇遭遇的種種問題，暗線是寫導演和孩子、保姆，過去的記憶之間的糾葛。這裏有對霧霾、北京蟻族等諸多社會問題的關注。小說寫的最好的是各個階層之間缺乏溝通，無法有效交流的緊張狀態。保姆、保姆的弟弟，男友，他們和導演之間的關係非常真實可信，又能牽引著讀者，有效閱讀下去。最後的衝突結果，看似偶然，也表明了階層隔閡的可怕。我讀書的時候，也曾住過北京的地下室，我就曾是則臣筆下，那群蝸居在地下室的「考研」一族，也見證了很多令人辛酸的故事。前幾年，因為寫王小波的傳記，我又在北京人民大學旁邊的紫金花園租了一個合租房，再次感受了大北京王城的「蟻

民」生活。因此，對則臣的這個小說，我也有著很多共鳴。我認為，《王城如海》是近些年來，一部不可多得的，描寫青年生存現實的佳作。

也許，全球化的今天，所謂「轉型」之說，先天帶著現代性預設與樂觀進步主義。龐大的中國，並非按照某種既定模式，進行按部就班的轉變，而更像在多元主義海洋之中漂泊，時而驚濤駭浪，時而和風細雨，有目標方向，但計畫總不如變化，種種困境和機遇並存，實在令我們不斷陷入困惑和反思。「中國故事」從來就不是自己的故事，而是一個「他者」與「自我」互為鏡像的寫作。作家對「大都市」的想像，既是民族國家想像的一部分，也考驗著一個作家能在多大程度上成為「經典作家」的潛質。它映襯與折射出了一個作家擺脫「他者」限定，展現「中國自我」心像的能力有多強。期待著則臣不斷有優秀大作問世！

（照片提供：陳文發）

陳映眞　紀念論壇

主持人

趙 剛

討論人／題目

瓦歷斯‧諾幹
我與陳映真的短暫接觸

成謹濟
我的陳映真

成英姝
文學與現實的距離

徐則臣
魯迅和陳映真的遺產

趙 剛

我與陳映真的短暫接觸——瓦歷斯·諾幹

臺中師專國教師資科畢業，漢名吳俊傑，臺灣泰雅族作家（出生於 Mihu 部落）。創作文類廣泛，涉及論述、詩、散文、傳記及報導文學等。原以筆名「柳翱」寫詩，後傾力寫作散文，以銳利的筆法，批判臺灣金權社會對自然人性的戕害及對原住民文化的壓迫；也以傷感有情的描寫，紀錄逐漸被人遺忘的原住民傳統風俗與人文歷史。曾獲聯合報文學獎、時報文學報導文學類首獎、聯合文學小說新人獎等。著有詩集《山是一座學校》、《當世界留下二行詩》等；散文集《永遠的部落》、《迷霧之旅》、《城市殘酷》等；報導文學《荒野的呼喚》及字書《字頭子》等書。

一

　　我六歲的時候，我父親將我送到部落小學就讀，小學名叫自由
國民學校，前身是日據時代埋伏坪番童教育所，這是我後來才從中
研院民族所圖書室藏書知道的事情。父親不無恐嚇的要我認真讀
書，但逢周六、日還是將我帶到八雅鞍部山脈尋找倒楣的野獸，牠
們通常落入機陷無法自拔，在樹上的是飛鼠、台灣獼猴，在地上的
是果子狸、臭鼬等等獵物，父親不無得意的說：野獸跟人一樣，不
讀書就會掉入陷阱，知道了吧。那是 1960 年代，學校被東面的山
勢圍攏，西側是台中與苗栗的界河大安溪，大安溪在夏季的颱風天
洶洶然暴漲，我們這群小山豬似的學童就要在雨歇時刻湧到懸崖邊
觀浪濤，水勢擴張到對岸客家庄白布帆的邊緣，滾滾黃濁泥水夾帶
奔竄動盪的巨石，我們的腦袋裝滿學校老師授業所學的國土想像，
於是有人不經意的大喊：黃河，這就是黃河啦。那時候只知道自己
的民族身分是「山地人」，國家是「中華民國＝中國」，所以我們
是中（華民）國的山地人。我也是要到二十幾歲才真實體認到被殖
民的族群總是沒有命名的權利，我們被規訓為「不要問國家為你做
了什麼，要問你為國家做了什麼」的聽話的人，弱勢者的國家規訓
其實早已在日據時期皇民化運動初造完成，我的部落名喚 Mihu，
意思是兩山夾擊的平台，清領時期的蕃界圖上標示著「埋伏坪」，
是林朝棟大軍壓境遭到北勢八社族人埋伏無功而退而命名，日據時
期於 1921 年將北勢群「兇番」各部落族人打散再合併為 Soragi 部

落，日語的意思是「兇番合併管理之地」，到了國民政府即將
Soragi 音譯為「雙崎」，而我以為我的部落名即為「雙崎」，而不
自知此地竟是殺伐歷史的延續。等到我進入台中師專就讀，在台中
市街舊書店偶而讀到《我的弟弟康雄》一書，我以為我就是小說裡
對歷史蒼白的少年，那年我十七歲，不識陳映真，我也不可能認識
陳映真，只能是通過慘綠少年的閱讀構造出一位小知識分子的削瘦
形像，一個屬於藏在十七歲部落青少年心底的陳映真──瘦弱、掛
著一副黑框眼鏡、興許自艾自憐的小說家。

二

　　我二十二歲時從彼時稱為戰地的金門來到東部花蓮執教，那是
花蓮縣最南端的富里鄉，再往南一個鄉鎮就是台東的池上，池上的
木片便當在 1983 年已經是台鐵旅人解饞的重鎮。我認為一個人的
命運總是不乏隱喻，它們或者在微小的事物顯現幽微的光芒，或者
行走在暗夜的星空之中，更多的卻是曝現在光天化日目能所及之
處。正如我任教的富里國小，有一條產業道路蜿蜒東行可達東海岸
的東河鄉，這條台 23 線東富公路的中點就是泰源監獄，坐落在環
山的幽谷裡，我曾經駕騎野狼 125 奔馳在這條石頭路上，卻不知道
在 1968 年 7 月，台灣當局以「組織聚讀馬列共黨主義、魯迅等左
翼書冊及為共產黨宣傳等罪名」，在名為「民主台灣聯盟案」中逮
捕了包括陳映真等三十六人，陳映真曾表述入獄對其思想之影響
是：「對自己走過道路進行了認真的反省，對社會現實有了更深刻

的認識,開始由一個市鎮小知識分子走向一個憂國憂民的、愛國的知識分子」。而我思想的層次僅僅是做好一位教師的工作。同案的詩人林華洲就在我任教的學校以西瓜農人的身分陪著友人前來教甄,他說他來自西部大安溪出海口的大安,順便來東部尋找種植西瓜的河床,源於同屬一條流域的親緣關係,我對這位斯文的瓜農有一層淡淡的好感,兩年後請調西部來到梧棲鎮,林華洲與我師專學長詩人廖莫白一同出現在謀畫「反三晃汙染」的場合,並引介我認識在工業區任職的老紅帽(左的政治犯),開啟了我閱讀《夏潮》雜誌以及左的路線。

三

在我人生二十幾歲時,我初步的接觸所謂政治,特別是在解嚴初期,人民的聲音如猛爆性肝炎在島嶼遍地開花。我以為記憶總是先於寫作的活動,比寫作更要有耐心、更寬容、更謹慎,就像是好讀者比好作者是更隱密、更獨特的詩人。加入新成立的勞動黨,與其說是參與政治不如說是更接近隱密的詩人,而詩人總是在觀察、在學習。在中部的聚會,黨內聚合不少的老同學(關在泰源監獄或綠島的政治犯),他們大都是在獄中被迫學習馬列主義(三民主義的反讀)甚而進化為展開對社會主義、馬克思思想的對詰,就是在光天化日的隱喻裡,我青少年所建構出瘦弱、斯文的陳映真卻以巨大的形象出現在現實的世界裡,「勞動工人不會自動站在資本家的對立面,除非感受到壓迫,而權力的取得必須透過學習與實踐。」

陳映真習慣將眼鏡舉高到額上，當他說話時，眼睛會真誠而認真的面對著你，在最激烈的談話裡，他還是保持沉穩、平衡的語調，毫不激情。這讓我想起阿根廷的波赫士在談論某個城市火災的詩，那火微弱又可怕：

　　人在燃燒，珠寶在憤怒。

　　我知道，所有的隱喻都產生在兩個不同事物之間共同之處的直覺，人與珠寶、政治與人民、河流與天空、陳映真與社會主義，我總是想起會後那次短暫的談話，我請益於寫作，以為寫作基於想像與創造用以書寫偉大的作品。「大山大海的遼闊與空虛，是用來容納苦難的少數民族。」大家暱稱的大頭陳映真說著，沒有任何人在過去中生活過，也不會有任何人在未來中生活，現實的當下就是生活的全部表現。我直覺的認為，這就是寫作的核心。

四

　　我只真實的見過陳映真三次，2003 年 9 月是最後一次，也是我故事中最為困難書寫的一點，我覺得凡是同他有過接觸的人寫一些回憶他的文章將是很有意義的事，正因如此，如果沒能像鐘錶準確的報出時間，只要一點點的差錯就會從此癱瘓，毫無康復的可能。就在第三屆台北市外勞詩文比賽決審會議，面對三十四首詩作，陳映真總結的講評赤裸裸的揭穿資本帝國背叛勞動的價值及其苦難。

我剛剛度過「九二一」災後重建的日子，從組合屋搬遷到租賃的親族家裡，很能體察勞動的價值及其苦難，「九二一」讓我理解歷史，特別是災難的歷史實質上是一部神聖莊嚴之書，所有的人用血淚寫下這部歷史，閱讀它、試著理解它，同時災難也銘刻了所有人。在「九二一」災後重建的紛雜事務裡，我閱讀並書寫《戰爭殘酷》系列短篇小說用以自娛娛人，我將手印稿交給陳映真先生，忝不知恥的請求為這本災難之書寫序，我確知這是一本令人不安的小說，因為虛構作品中的人物能成為讀者或者觀眾，反過來說，作為讀者或觀眾的我們就有可能成為虛構的人物，而這些人物是極其殘酷的。到了年底，我接到陳映真的電話，他答應為《戰爭殘酷》寫序，一年之後，陳映真到了中國大陸，兩年後於 2006 年 9 月 26 日，因中風入住北京朝陽醫院，病情曾改善並轉至普通病房；至 10 月 16 日再度中風陷入重度昏迷，入住於該醫院重症監護室。從此，我不再見到陳映真先生，日後也不可能再見到，這些，你們都知道了。「人間不乏苦難，眾神編織不幸。」這就是陳映真先生給我留下的隱喻，有如暗夜行走，也在光天化日顯現。

我的陳映真——成謹濟

韓國延世大學文學博士，韓國首爾市立大學專任教授。曾任韓國成均館大學東亞學術院 HK 研究教授、中國中央民族大學訪問學者等職。研究與授課領域以中國現當代文學與文化為主。著有學術論文〈文革與啓蒙〉、〈文化大革命與延邊〉、〈中國向何處去？〉、〈讀張承志：作為一個症候〉、〈文革如何被再現〉、〈文革與五四〉等；另有合譯專著：《20 世紀初反清革命運動資料選》、《去政治化的政治：短 20 世紀的終結與 90 年代》。

　　記得第一次接觸陳映真的作品是在 1989 年冬季，當時正值本科畢業季的筆者下定決心畢業後考研進修中國現代文學。那一年恰逢韓國中央日報社出版《中國現代文學全集》，其中一集精選收錄了台灣現代文學作品，有楊逵、吳濁流等作家的短篇小說，也有陳映真的〈夜行貨車〉。

　　不過第一次讀陳映真的作品未能感受到閱讀的舒暢之感。盡管小說的內容膾炙人口，讓人印象深刻，但有些不對筆者的閱讀口味。究其原因，首先應與筆者所處的年代，即與 1989 年當時筆者所持有的意識形態有關。說到 1989 年，這一年堪稱全球劇變之年。被視為冷戰標誌的柏林圍牆倒塌，蘇聯新上任總統戈爾巴喬夫為終結冷戰奔走於世界各地。然而這一年在中國發生了慘烈的六四天安門事件，改革開放動力遭遇重挫。在如此劇變的國際形勢下，韓國也面臨重大轉變。1987 年，韓國社會通過全民抗爭迎來了民主化浪潮。而這一浪潮以 1989 年為節點，迎來巨大的轉變。當時在韓國統一運動和勞動運動形成巨大潮流，社會各領域長久被壓抑的進步力量逐漸得以復甦。韓國的中國文學界也深受其影響。自韓國戰爭爆發以來，韓國的中國文學界一直在其冷戰影響範圍內。在日本殖民時期，韓國京城帝國大學（現首爾大學）所謂「支那學」無論是在研究廣度和深度，還是在問題意識和視野方面，都具有很強的現代性、引導性和實踐性，達到較高的文學境地。誠然，隨著韓國戰爭爆發，韓國與中國大陸關係全面中斷，韓國的中國學傳統也幾乎被割斷。在此背景下，進入上世紀六〇年代，韓國不得不通過

台灣輸入所謂胡適的中國學，以維繫其命脈。直至上世紀八〇年代後期，在韓國幾乎不存在有關大陸的授課和研究。而從八〇年代後期開始，韓國中文學界對中國現當代文學的關注度急劇上升，其背景如下：其一是韓國戰爭結束後，韓國為復原中國學的當下性而展開了努力。其二是韓國社會存在對「革命文學」或「社會主義文學」等進步思想的時代需求。筆者也不例外，筆者開始關注中國現當代文學，也是源於迫切希望瞭解韓國社會的文學能夠借鑒的進步文學。因此，小說〈夜行貨車〉中詹奕宏和劉小玲以象徵性的純粹抵抗以及和解為主線的故事情節，未能打動筆者。

但細究無法走進陳映真文學及思想世界的根本原因在於筆者當時幾乎全然不知台灣社會和歷史。但另一方面，因受父親的影響，對筆者而言台灣也並非陌生的地方。筆者的父親是位語言學研究者，為探究韓國語的語系根源，父親將平生的精力放在滿語研究上。進入二十世紀後期，由於滿語已逐漸接近於死語，除了深挖文獻資料外，別無學習滿語的他法。為了學習滿語，父親選擇前往的地方就是台北。因為在七〇年代，台灣台北還居住著會說滿語的八旗出身老人們。於是父親經常前往台灣（當時台灣在韓國被稱作「自由中國」），甚至還有一兩次在台灣居住一年以上的經歷。記得父親的書房裏擺滿了可以聯想到台灣的各種物品。對筆者而言，烏龍茶和茉莉花茶馥郁的香味能夠勾起對台灣的嗅覺，灑脫的書畫作品，精美的扇子和畫軸以及擺滿書房一隅的中華書局出版的書籍，形成對台灣的視覺。最重要的莫過於對台灣的聽覺記憶，那就

是父親從台北帶回來的錄像帶裏面神奇且陌生的滿語。這些諸多感官形成筆者對台灣的印象。不過汗顏的是，筆者在閱讀陳映真等台灣作家作品的相當長的時間裏未能把上述台灣印象融入其中，甚至也未曾熟思過父親為什麼跑到遙遠的南國台灣去見會說滿語的老人，而不是去「滿洲」。長時間未能從這一饒有興致的事實中獲取任何歷史性探索意義，實屬一大憾事。

　　開始關注陳映真的作品和生涯乃至台灣社會、歷史以及其背後的傷痕是時隔十年後的事情。寫完博士學位論文沒多久，筆者又重新讀到了陳映真的作品，即 2001 年小說集《忠孝公園》，這成為筆者審視陳映真及台灣歷史的決定性契機。雖因篇幅受限無法在此細述，但是筆者通過《忠孝公園》三部作品〈歸鄉〉、〈夜霧〉、〈忠孝公園〉補捉到陳映真透過其作品中的人物形象，尤其是透過林標和馬正濤，尖銳剖析了台灣歷史問題中顯現出的東亞近代歷史重層性和因而所導致的冷戰體制下國民自我認同感的兩難處境。盡管在韓國不存在本省人和外省人的問題，但林標和馬正濤的人物形象可充分改編至以不斷引發韓國民眾及上層階級衝突的「冷戰重層性」為題材的韓國小說。1948 年，自南韓政府出台到朴正熙掌權，再到當今的朴槿惠一代，韓國上流階層一直存活著無數名「馬正濤」。令人惋惜的是一直以來韓國文學未能通過文學的角度有效地撲捉到這一「馬正濤」人物形象的典範。筆者認為，導致這一缺憾的原因在於韓國歷史性敘事（包括文學敘事）的視野存在局限性。由於韓國深受韓國戰爭的影響，無論是涉及國家認同，還是與之緊

密相關的冷戰題材，依然受限於「南－北」這一單純的框架性思維。在這一框架下，與韓國近代性相關的一切問題，全部被一概而論為「從北」或「親北」。在此過程中，韓國式冷戰所具備的複雜性和重層性以及東亞普遍性不斷被遮蔽，僅剩下「南－北」這一單純意識形態的對立。從這種意義上來講，陳映真為提煉出與台灣身份意識和統一有關的問題，透過塑造「馬正濤」形象，傳喚出滿洲國這一符號的果斷手法，自然而然勾起筆者的興趣。因為滿洲國意識形態正是日本亞細亞主義擴散到亞洲內陸的過程中逐漸演變為反中國、反共意識形態的重要途徑。具體而言，日本脫亞論經過滿洲國時期和中日戰爭，演變成反中國主義和反共產主義，最終變奏至亞細亞冷戰話語。由此，日本帝國亞細亞主義（更準確的表述為「中國觀」）在反共產主義和反中國主義形式演變過程中，在台灣、韓國主流意識形態和國家認同話語體系裏繼續得以存活。換言之，韓國和台灣的國家認同及冷戰話語無意識中滲透著日本亞細亞主義的痕跡，這與單純的親日／反日問題性質完全不同。那麼，〈忠孝公園〉中林標提出的「我是誰？」這一痛苦的追問背後，其實隱藏著人們尚未體察到的另一個根本性質問，即「什麼是亞洲？什麼是中國？」，進而該質問可延伸至台灣的本省人和外省人，老年一代和青年一代，國民黨支持者和民進黨支持者，都如何想像中國？韓國進步陣營和保守陣營又是如何想像中國？同時，這些中國觀又是來自何處？其社會象徵又具有怎樣的歷史背景？這引人深思。

　　筆者從陳映真作品《忠孝公園》拋出的問題意識受到啟發，自2010 起將研究主題定為「20 世紀中國觀形成」，並在該主題基礎上，逐漸延伸出副主題，如「文化大革命談論（話語）背後的中國觀問題」、「香港／台灣身份政治和中國觀」、「日本和歐洲中國觀歷史形成過程」、「中國邊境地區中國觀形成過程」等。於是乎當筆者有機會組織 2016 年韓國中國現代文學學會國際學術研討會時，便毫不猶豫地建議在研討會開設三四個專場議題並邀請中國內地、台灣、香港、歐美學者及相關人士，進行有關「中國觀」的討論。而當時該研討會有關台灣的專題為「太陽花運動背後的中國觀問題」。讓人痛心的是，在該研討會即將舉辦之際，傳來了陳映真先生在北京離世的悲訊，原本計劃出席討論會的台灣學者們也因參加陳映真先生的葬禮未能來到研討會。雖然陳映真老先生告別了人世，但他直面二十世紀跌宕起伏的亞洲歷史，從中提煉出的無數追問和思索將永遠不會消逝，活生生地擺在讀者的眼前。筆者亦是如此，透過陳映真先生奮鬥與克制，激情與智慧交織的一生，筆者眼前也擺著同樣的追問和思索，猶如一座高山待攀爬，這就是我的陳映真。

文學與現實的距離——成英姝

清華大學化工系畢業，作家。曾任《中國時報》、《時報周刊》副刊專欄作家，及電視節目主持人。寫作文類以小說、散文為主。曾獲得第三屆時報百萬文學獎首獎，並獲文建會選為 2000 年十大文學人之一，以及中國文藝協會第四十八屆中國文藝獎章等。著有《寂光與烈焰》、《惡魔的習藝》、《神之手》二部曲等書。

　　在網路上看到一篇文章，說為什麼每年諾貝爾獎頒發前最讓人關注的是文學獎？似乎人們覺得文學的距離比較近，那些專業的、生冷的科學離我們太遠，但事實上，文學才是離我們最遠的一個。

　　這話說得真對，文學貌似離我們最近，實則遠到人們最漠然、最不在乎去理解。

　　我想，這跟文學究竟是用什麼方式去重建現實有關。

　　我寫小說二十年，最怕被人問到我是做什麼的，我說我寫小說，對方就會問：「什麼樣的小說？」這麼問的人對小說的想像是類型小說，神怪？武俠？還是羅曼史？如果我答都不是，我寫純文學，對方雖迷惑，接著會問：「那麼你都寫關於什麼東西呢？」連這個問題我也答不上來，我的小說自己形容成超現實和荒謬劇場風格，我不知道如何向一般人解釋現代主義，因為它的本質就是拒絕赤裸敘述外在的表象，在抵達現實前，先給你一座迷宮，最後你哪裡都不會到達，迷宮就是現實本身。

　　余華談魯迅，很有意思，說文革時魯迅被神化，其人、作品已不存在真實，變成了一個符號，待後來真靜心看了魯迅的作品，評價為「他的敘述在抵達現實時是如此的迅猛，就像子彈穿越了身體，而不是留在了身體裡。」這個描述很犀利，但我又想問，抵達的是誰的現實？

　　魯迅提倡現實主義，自言其取材多揭自病態的社會。這個觀看和取材的角度，就涉及觀看這件事如何被社會建構，如傅柯所主張的，我們看見的並非事先已經存在、永遠在那兒等著人去看見的簡

單事實，而是一種論述性決定的認知。這個概念提醒我們，如果不存在純粹、絕對、獨立的真實，那麼寫實是什麼？

　　做為一個始終在寫小說的人，通過形式來界定現代主義和現實主義，想方設法地把某小說作品裝進某個理論框架裡對我來說沒有意思，兩者也不是彼此的對立，不管小說寫得再超現實，都是對現實的指涉，我總喜用村上春樹在《挪威的森林》裡膾炙人口的金句：「死不是生的對立，而是作為生的一部份永遠存在」來解構所有對立的事物──你可以把死生兩個字替換成任何其他二元論的事物，揭示出所有二元化對立的一體兩面。

　　然也因此，我在意一個小說創作者從他自己的角度如何定義真實，如何給出真實，如何看待自己給出的是什麼真實。

　　約翰伯格屢談觀看的方式，提及我們從來不只是在看一件事物，我們看到的始終是事物和我們自己的關係，我要說小說創作者是通過寫小說這件事去處理「我和世界的關係」。什麼叫做「我和世界的關係」？我認為這是小說創作最特別之處，小說建構的是一個虛構的次元，不管多擬真現實，小說本身的定義、體質就是虛構，往往小說家所建構的這個世界，不是出於對真實的認同進行複製，而是剛好相反，對真實世界的反叛就是小說生成的原因。從最嚴肅的純文學小說到最娛樂化的類型小說都是，與其活在真實的世界，我更寧願寄身在那個「他方」，或者，我現實中的沈默，於那裡都甦醒著。

　　我相信小說的書寫有一種「非如此不可」，不是權宜之計，也

不會是某種交換，直到別的非如此不可能取代它。這是另一個我視
寫小說特別的地方。讀陳映真早期的小說，喚起我這種感覺，那種
原初的內在騷動，就像吸了毒，感覺全身千萬隻螞蟻在爬，痛苦又
激情的，充滿了幻覺。那種狂躁、熱烈，深沈的無法被救贖的痛
苦，來自於你所幻想、嚮往的世界與現實的落差多麼巨大。我所說
的這個幻想的、嚮往的世界，並不一定是一個理想的、完美的世
界，而是一個更容納了你的抒情性、瘋狂、自由、熾烈的愛、自傲
或者自毀的浪漫，所有潛意識的衝動，那種衝動就像張開翅膀要從
山巔上俯衝下來的鷹，就像要隨著氣流無止盡地上升，就像五馬分
屍的壯烈。

　　一個小說創作者的早期作品有一種很純潔的原初，這個純潔指
的是在初生之犢的無知狀態下維持自我美學完整的一廂情願。我童
年時很迷戀卡通影集「太空突擊隊」，我決定長大了要加入太空突
擊隊，以我當時年紀的心智，我當然知道那在現實中不存在，但精
神上、美學上，我容許自己保持這個信仰，我能辨別我擁有兩個具
有同等份量真實性的次元間差異的本質（而不是一個精神分裂
者）。雖然這麼類比不太對稱，但一個少年安那其對烏托邦的嚮往
大抵也是這樣。

　　陳映真的早期小說我最感興趣的是〈加略人猶大的故事〉，強
烈地帶著那種原初的氣味。陳映真寫這個短篇的時候才二十四歲，
以當時的環境，幾乎不可能有管道全面性地完整了解馬克思主義，
他對馬克思主義的認同，在那個階段可說是情懷式的，少年的憤怒

痛苦與浪漫的追尋，而這卻可能就是最早的那個馬克思的心中誕生了資本論原型的狀態，苦於質問世界，追究答案，每個人都應當、必須、有權利真正地活著，活得自由、真實，每一樣事物的價值都該等同它存在的理由，人與世界都不該被迫失去原貌，走向墮落。彷彿就是原初的陳映真與原初的馬克思的相遇，儘管時空上相隔了一百多年。

那麼，原初以及後來的現實經驗在一個小說家的創作生命中分別佔有什麼樣的位置？

要是說沒有魯迅，就沒有這樣一個陳映真，可能太超過了一點，但魯迅在陳映真的原初確實發生了重要的影響。同樣的，要是沒有索緒爾，也許就沒有李維史陀人類學里程碑式的學說的誕生，就沒有結構主義的拉岡、羅蘭巴特、德希達……的開創思想，這麼說或許簡單粗暴、言重了些，卻是實際的脈絡。但我們是不是該繼續追問，沒有深入巴西原住民部落的田野經驗，更不會有後來的李維史陀？李維史陀可能像早期的人類學家那樣，從不邁出他們的書房、咖啡廳、他們的城市，光從書本、別人嘴裡的見聞，以及他無與倫比的頭腦，推敲出他所有論述？

不可能。

我認為所有的事物在你經歷它以前，它都只是一個符號。符號能指涉得再多，它都不可能異化你，不會讓你看到考驗你的原初的那個臨界點。

我一直寫的是現代主義小說，直到我最新一部長篇作品，關於

沙漠的長距離越野賽車的題材，這部小說被有些人視為回歸寫實主義，我現在終於有辦法應答我究竟寫的是關於什麼的小說，我甚且發現當我說我是一個賽車手而不要自稱自己是一個寫小說的人還能獲得較多的尊敬。

　　現在我跟我許多寫現代主義小說、只讀現代主義小說的朋友們會起爭執，我對於形式就是美學、形式左右了藝術的價值、「現代主義」具有優越性，甚至「現代主義」本身就是價值的概念感到匪夷所思，藝術史上每一階段的形式的革命都是出於新的形式更能反映真實，可以說形式這個東西就是為了去逼近真實的手段。但我經常被反駁：對小說家而言，真實經驗不重要。

　　陳映真的小說帶著人道同情與社會關懷傾向現實主義，和其自承的深受魯迅影響或許有關，但陳映真小說裡高比例人物的死亡結局很難不被注意到，這諸多死亡卻都不是真正直視死亡這件事，死亡是符號的、象徵性的，某種審美上的安排。這很現代主義。我說小說處理的是作者與世界的關係，當然小說也在處理人物和世界的關係，在這些小說裡，人物的死亡不是現實中那種死亡的意義，而是做為和世界的關係的某種呈現——放棄，放棄活著，放棄世界，放棄置身其中藉由活著與這個世界的互動來創造意義，放棄得決絕，不再往下走。這種「關係的終止」其實是精神層面的，是思考性的，是作為主體的意識風景。

　　這多少使我不得不承認，不管你採取的是寫實主義或者自然主義手法，小說裡面終究沒有真實，這並非因為小說是虛構的，而是

小說創作者從一開始就沒有要給出真實，所有的小說創作者能給出的，都是一連串符號。小說是符號的組成物，這些符號的詮釋權不在作者手上，哪怕作者本人針對自己的小說發佈了詮釋，這些詮釋終究又成了脫離作者的一連串符號。

那麼就不難推出寧可沒有小說不能沒有現實的邏輯，寫小說終究不可以被高舉過活得真實的位置。

這與原初那個通過小說「生活在他方」的念想是否背離？

李維史陀的傳記裡有一段敘述引起我的興趣。李維史陀因為讀了 Jean de Léry 的《巴西遊記》，對巴西原住民投射予盧梭的「高貴的野蠻人」的印象，儘管待他深入巴西蠻荒，所見土著文化只有貧瘠與殘破，也沒有動搖這種信念。「雷利的作品幫助我逃離自己的時代，得以和超現實重獲接觸，這個超現實不是超現實主義者所說的那種，而是一種比我親眼目睹的真實還真實的現實。」他說。縱使他的理性是清晰的，他知道自己看見什麼，周遭的情勢是什麼，現實的不可扭轉是什麼，但……用一個比喻，他依然置身於小時候那個太空突擊隊裡。

經驗是否會動搖原初的核心？經驗就是為了對這個核心做考驗。我後來覺悟到，不需要去詰問真實與經驗對小說家來說重不重要，你不走向它，它也會駕臨你。小說的背後一定有一個哲學，這個哲學就是創作者處理「我和世界的關係」的中軸，哲學要去處理邊界的問題，什麼是邊界？是到了那個極限所面臨的巨大恐怖，足以讓一個人產生異化的恐怖。這是你必須通過人生的經歷體會到

的。

　　陳映真的早期小說充滿虛無主義，這與他後來的戰鬥形象或許有矛盾，我想再以李維史陀作結，因為這也恰巧是我自己在寫小說的同時經歷人生的體會。李維史陀自從那場備極艱辛的八個月巴西田調之旅後，再也沒進過蠻荒，但通過那個經驗的洗禮、取得的材料、異化的眼光，他終其一生都在奮鬥，創建出無比巨大、龐雜，耀目而令人歎為觀止的原始民族文化的結構主義分析。然而在他的內心深處，他始終非常清楚，原住民文化早就被摧毀殆盡。當他目睹這些原始民族生活的殘破現狀時他才二十六歲，他就已經明白到，這一切是虛無的，但他沒有停止前進。

魯迅和陳映真的遺產——徐則臣

北京大學文學碩士，人民文學雜誌社編輯部主任。曾獲華語文學傳媒大獎、年度最具潛力新人獎、莊重文文學獎、華語文學傳媒大獎、年度小說家獎、馮牧文學獎。短篇小說〈如果大雪封門〉獲魯迅文學獎；長篇小說《耶路撒冷》被評為《亞洲周刊》2014 年度十大小說第一名，獲第五屆老舍文學獎、第六屆香港「紅樓夢獎」決審團獎。作品被翻譯成德、英、日、韓、義、蒙、荷、俄、西等十餘種語言。著有《耶路撒冷》、《王城如海》、《跑步穿過中關村》、《青雲口》等。

　　讀陳映真很晚，念大學才開始。那時候年輕浮躁，讀書不太走心，陳映真經典的小說讀完了也就讀完了，只隱隱覺得似曾相識，沒來及深究，掉頭就奔向另外的作家和作品了。前幾年，有朋友說要去拜訪陳映真，那時候陳先生在北京，我順便找出了他的作品。重讀之下，悚然心驚，在陳映真的文字裡，我儼然看見了一個魯迅；此時我已過了三十五歲，寫作也十餘年了。生長在大陸的作家，魯迅自然是不可能陌生的。魯迅是我極喜歡的作家，陳映真走在魯迅的文脈上，必然也是我喜歡的。繼續讀下去，小說之外讀散文隨筆、文論和訪談，才發現魯迅於陳映真竟如此重要，完全是「精神導師」和「精神之父」。

　　陳映真是幸運的，在快升小學六年級時就讀到了魯迅的《吶喊》。對眾多年幼者，過早接觸魯迅未必是好事，但陳映真另當別論，他這樣早熟的大才，任何時候讀到，都是適逢其時。那本破舊的小說集，隨著年歲的增長，成了陳映真最親切、最深刻的老師。陳映真說：「魯迅給我的影響是命運性的。在文字上，他的語言、思考，給我很大的影響。魯迅的另一個影響是我對中國的認同。」後來陳映真因參與民主運動被捕，被判入獄十年，罪名之一就是「閱讀和散佈魯迅作品」。果然是「命運性的」。此命名如此莊重與徹底，完全是認同了魯迅來覆蓋他整個身心和漫長的人生之路。

　　我的確在陳映真的小說中看到了無法掩抑的魯迅氣質。早期的陳映真文字，那種沉鬱與硬崛，那種從文言向著白話輾轉蛻變的語法，活脫脫就是魯迅文字的學徒。到了中後期，陳映真的文字依然

隱約著魯迅的文法。故事的選擇和講述方式上,基本也是魯迅式的。從處女作小說〈麵攤〉開始,〈我的弟弟康雄〉、〈鄉村教師〉、〈故鄉〉等等,都有著《吶喊》和《彷徨》的影子。陳映真小說中活躍的人物,看上去都是狂人、閏土、魏連殳們的兄弟姐妹。若說有所區別,那就是陳映真的文字中間流散著一些比魯迅更哀婉、憂傷乃至頹靡的氣息。這些氣息,或許受到了日本私小說的影響,常常能夠在小說中的失敗者和零餘者身上看見太宰治等人的影響。

當然,魯迅之於陳映真的影響,更重要的是落實在精神層面。比如自我批判精神。魯迅說:「我的確時時解剖別人,然而更多的是更無情地解剖我自己」。陳映真說:「寫小說,對於我,是一種思想、批判和自我檢討的過程」。他在寫作,也確實貫之以始終,由此,他也被認為是最具「反省力與批判力」的作家。他的寫作,也秉承了魯迅的傳統,不惟揭示病痛,引起療救的注意,更為了自我清理。舉凡大作家,莫不如此。認識世界從認識自我開始,反思他人也必然從自我開始。在大陸的文學場裡,魯迅的貢獻固然歷數不盡,但之於作家,一條非常重要的啟示正是自我反省,努力壓榨出自己「皮袍下的小」來。不得不說,生長在台灣的陳映真是真正的魯迅的精神之子,他是繼承了魯迅精神的屈指可數的最深入、最完整、最徹底的作家之一。寫作經年,我也一直在想,一個好作家究竟靠什麼立身?講出一個個精彩的好故事固然重要,寫出一行行精妙的詩句當然也重要,但真要巍然持久,恐怕還得能在思想操守

和精神引領上有所貢獻。

自我反思和批判已然成為魯迅和陳映真留下的共同遺產。在他們的共同遺產中，還有「左翼」思想的一脈。在漫長繁複的意識形態鬥爭之後，「左翼」的概念也被窄化，有了越來越重的意識形態色彩。這已經是個變了味的詞。在魯迅那裡，「左翼」還保有原初的義項，是「人」的意義上的那個「左翼」，一個批評者、反抗者，一個從內心出發尋求思想出路和精神故鄉、讓人成為人的知識分子該有的立場。這也是一個大作家必要的格局和情懷。站在沉默的大多數一邊，為他們張目與鼓呼，這同時也是一個知識分子必要的、自覺地「重建中國知識分子在權力之前，堅持良知、真理，為民請命、褒貶時政的傳統精神」（陳映真語）。

陳映真深解「魯迅的左翼」，落實到文學上，他作了進一步的闡釋和發揮：「文學與藝術，比什麼都要以人作為中心和焦點」。「放眼世界偉大的文學中，最基本的精神，是使人從物質的、身體的、心靈的奴隸狀態中解放出來的精神。不論那奴役的力量是罪、是欲望、是黑暗、沉淪的心靈，是社會、經濟、政治的力量，還是帝國主義這個組織性的暴力，對於使人奴隸化的諸力量的抵抗，才是偉大的文學之所以吸引了幾千年來千萬人心的光明的火炬。因為抵抗但不使奴隸成為人，也使奴役別人而淪為野獸的成為人。」

對人的理解最終決定了一個作家的格局和格調。

從魯迅那裡，陳映真還繼承了行動能力和實踐精神。這個行動力大概是文學藝術家們最缺乏的素質之一。文學家們多半是言語上

的巨人、行動上的侏儒。沉溺於言辭筆耕不輟者，勤奮的美德是有了，又多喜歡躲進小樓成一統，兩耳不聞窗外事，只求獨善其身，兼濟天下的入世精神缺席了，知其不可而為之的堂吉訶德更不會去做。魯迅經歷說簡單也簡單，說豐富也豐富，做過教授，出過仕，擔當了一些社會職務，跟多家刊物有關聯。單純的寫作之外的活動，固然有稻粱之謀的考慮，我以為更重要的，是他決意行動起來改變人生、國民性和社會現實的努力。這個偉大的悲觀和蒼涼的人，畢生都是一個積極的、反抗的、理想主義者，一個一直在行動著的人。他相信文字之於人心之重大與切要，所以棄醫從文；他同樣明白文字的局限與微薄，所以行動起來。他要拍案而起、橫眉冷對，他也要奔走呼號、挺身而出。魯迅從來都不是一個靜止得如同一尊神像的作家，他是戰鬥著的、一直在行動的實踐者。陳映真也是。去年在台北，認真參觀了紀州庵做的陳映真與《人間》雜誌的展覽，感懷頗多。文學可以讓人振奮激昂，也可以讓人懈怠萎縮。我在文學雜誌做事也十年有餘，常常感到意興上的乏力，於寫作與編務之間也多有猶疑，想從編輯的日常瑣事中擺脫出來，做一個純粹的寫作者，只管好自己的事。每有退卻之意，就想到魯迅，現在，又有一個典範陳映真。想起看過的王安憶在〈英特納雄耐爾〉一文中寫陳映真：

　　1989 與 1990 年相交的冬季，陳映真第一次到大陸。我趕在他登機離開前幾個小時的凌晨才見到他。陳映真提到「日本

　　侵華時期，中國勞工在日本發生的花岡慘案，他正籌備進行
　　民間索賠的訴訟請求」。

　　在王安憶的筆下，陳映真一直是一個憂思悲憤者的形象，他想
要消化掉整個世界，為此不懈地辯論和行動，給自己擴容，為文
學，也為「在中國的民眾、歷史和文化之中，找尋民族主題的認
同」（陳映真語）。

　　以正大的理由談論陳映真，在今天也許已經不那麼合時宜了。
我們已經進入了一個相對主義的時代，尤以文學界為明顯；較真的
人是可笑的，西緒弗斯是世界上頭號傻瓜。據說上世紀九十年代，
陳映真頻繁地往來大陸，跟他接觸和交流過的大陸作家，對他多少
都有那麼一點牴觸。也許是他過於刻板和天真了。

　　無緣見到陳映真先生，九十年代更不可能，1990 年代的大部分
時間我都在一個比鶯歌鎮大不了多少的地方打發著少年時光，連陳
映真的名字都沒聽過。不知道他的刻板與天真究竟在哪裡。也許的
確相當的刻板和天真，正如他也有王安憶所謂的「孱弱」的一面，
有不那麼偉岸須仰視才見的一面，又有何妨？他是個活生生的人，
於為文和為人，他在某些向度上垂示了典範，這就夠了。在魯迅開
關的道路上，能走得堅定穩重的作家屈指可數，看過去，有一個大
的背影者的，也許就是陳映真。

附錄一

2017 第四屆全球華文作家論壇議程表

論壇時間：2017 年 10 月 21 日（六）、22 日（日）
論壇地點：國家圖書館
主辦單位：國立臺灣師範大學全球華文寫作中心
合辦單位：國家圖書館

十月二十一日（星期六）				
時間	場次	主持人	發表人	題目
09:30	報　　到			
10:00 ｜ 10:30	開幕式	陳浩然 臺灣師大 文學院院長	貴賓致辭	
10:30 ｜ 12:00	簡媜 論壇	劉滄龍 臺灣師大 國文系教授	【簡媜演講】 悠遊在散文夢土上	
			楊佳嫻 作家	方舟上讀簡媜
			顏訥 作家	論作家之早衰
午　　休				
14:00 ｜ 15:30	廖玉蕙 論壇	封德屏 文訊雜誌社 社長兼總編輯	【廖玉蕙演講】 為生活尋找一個說法	
			吳鈞堯 作家	我認識的廖玉蕙
			賴鈺婷 作家	「真」、「敢」、「寫」 ——廖玉蕙的散文實踐
休　　息				

15:50 ｜ 17:20	圓桌 論壇	徐國能 臺灣師大 全球華文寫作中心 執行長	【論壇主題】 第一本書的誕生： 關於編輯、通路及版權的思考
			葉怡慧 悅知文化出版社總編輯
			譚光磊 光磊國際版權公司創辦人
			張文緛 阿緛有限公司負責人

十月二十二日（星期日）				
時間	場次	主持人	發表人	題目
08:30	報　到			
09:00 ｜ 10:30	吳晟 論壇	林巾力 臺灣師大 臺文系主任	【吳晟演講】 世俗人生・世俗文章	
			陳義芝 作家	自然主義者： 吳晟詩創作的歷程
			楊宗翰 作家	論詩人吳晟的早期風格
休　息				
10:50 ｜ 12:20	張系國 論壇	鄭怡庭 臺灣師大 東亞系助理教授	【張系國演講】 我的故事——真理・謊言・平行世界	
			須文蔚 作家	台客知音： 台灣寫實主義小說 奠基者張系國
			【香港】 鄺國惠 作家	呼回命運與悲劇
午　休				

14:00 ｜ 15:30	徐則臣 論壇	石曉楓 臺灣師大 國文系教授	【徐則臣演講】 城市作為主人公	
			郝譽翔 作家	城市・鄉村・全球化： 徐則臣小說中的 三位一體
			【大陸】 房　偉 作家	那個居住在王城裏的 東海男人
休　　息				
15:50 ｜ 17:20	陳映真 紀念 論壇	趙剛 東海大學 社會系教授	瓦歷斯・諾幹 作家	我與陳映真的短暫接觸
			【韓國】 成謹濟 首爾市立 大學教授	我的陳映真
			成英姝 作家	文學與現實的距離
			【大陸】 徐則臣 作家	魯迅和陳映真的遺產
17:20 ｜ 17:30	閉幕式	胡衍南 臺灣師大 全球華文寫作中心 主任	觀察報告	

附錄二

工作人員名單

▲議事組：
　胡衍南（全球華文寫作中心主任）
　徐國能（全球華文寫作中心執行長）
　諶仕蓁（臺灣師範大學國文系大學生）
　劉子君（臺灣師範大學國文系大學生）

▲文書組：
　許雯怡（全球華文寫作中心行政總監）
　馬家融（全球華文寫作中心研究助理）
　簡嘉彤（全球華文寫作中心研究助理）

▲接待組：
　黃子純（全球華文寫作中心研究員）
　沈素妙（全球華文寫作中心活動企畫組專門委員）
　陳明緻（全球華文寫作中心活動企畫組專門委員）

▲義工：
　吳靜評（臺灣師範大學國文系助教）
　劉純妤（臺灣師範大學共同教育委員會行政秘書）
　蔡宏杰（臺灣師範大學國文系博士研究生）
　林玟君（臺灣師範大學國文系博士研究生）
　郭思彤（臺灣師範大學國文系博士研究生）
　蘇于庭（臺灣師範大學國文系碩士研究生）
　葉騏睿（臺灣師範大學國文系碩士研究生）

▲藝術設計：林郁恩

國家圖書館出版品預行編目資料

文字芳華：第四屆全球華文作家論壇文集

胡衍南、黃子純主編. – 初版. – 臺北市：臺灣學生，
2017.10
面；公分

ISBN 978-957-15-1747-6 (平裝)

839.9   106018293

文字芳華：第四屆全球華文作家論壇文集

主　編　者　胡衍南、黃子純
出　版　者　臺灣學生書局有限公司
發　行　人　楊雲龍
發　行　所　臺灣學生書局有限公司
地　　　址　臺北市和平東路一段 75 巷 11 號
劃　撥　帳　號　00024668
電　　　話　(02)23928185
傳　　　眞　(02)23928105
E - m a i l　student.book@msa.hinet.net
網　　　址　www.studentbook.com.tw
登記證字號　行政院新聞局局版北市業字第玖捌壹號
定　　　價　新臺幣二○○元
出　版　日　期　二○一七年十月初版
I　S　B　N　978-957-15-1747-6

83902